橋と鋼と雑草魂

百足三郎
MUKADE Saburo

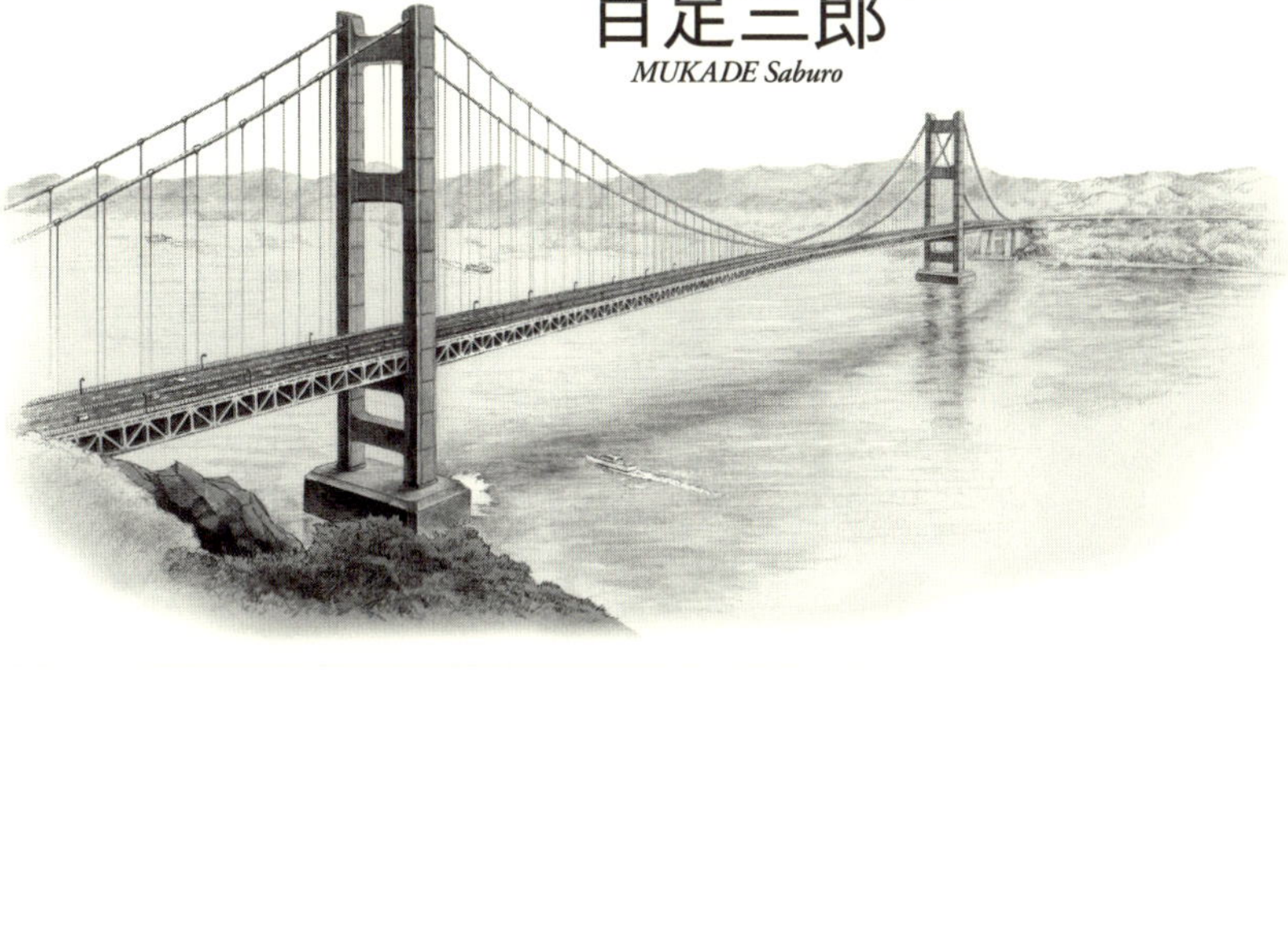

文芸社

目次

この物語は、事実をもとにしたフィクションです。

第1章　鉄工所の息子

1

中尾雄介《なかおゆうすけ》の故郷は、奈良県の山間部にある農村だ。米作だけでなく、古くから茶や柿などの栽培も盛んな地域である。

昭和三十年、雄介は父・英一郎《えいいちろう》、母・登紀子《ときこ》の四男として生まれた。雄介の生家は、「中尾鉄工所」という家族経営の小さなものであり、京都の鉄工所で修業した英一郎が地元に戻り、始めたものだ。

自宅の一角に倉庫を改装したような小さな作業所があった。英一郎が丹精を込めて手作りした仕事場だ。英一郎は腰の高さほどの作業用のピット（穴）に入り、立ち姿勢で作業をしていたが、ピットは周囲三六〇度の中に、すべての作業工程に必要なものを配置したレイアウトになっており、効率よく作業できるよう工夫されていた。

登紀子は専業主婦だったが、英一郎の仕事をよく手伝っていた。身長が一四〇センチメートルほどであまり体力のない小柄な体で、なおかつ股関節に不具合を抱える障害者でもある母がハンマーを振り下ろし、鋤《すき》の修繕補助をしている姿を雄介は見ている。

父がよく「鋤のサッカケ」という言葉を使っていたことを雄介は覚えている。「サッカケ」とは「先欠け」から派生した言葉だということはのちに知った。使い減らして摩耗した鋤が、土中の石などに当たって欠損した場合、その欠損部分に新しい鋼を鍛接する補修作業のことをそう呼んでいたのである。

この鍛接作業というのは、ふたつの金属材料を重ねて一〇〇〇度ほどまで加熱し、ハンマーで圧力を加えて一体化させる溶接法のことだ。その際、ふたつの金属材料を接合させるために「鍛接剤」を用いる。

生家の鉄工所にはたくさんの「硼砂《ほうしゃ》」が転がっていたことも、雄介はよく思い出す。硼砂とは硼酸ナトリウム塩のことで、父はこれを鍛接剤としていた。

鍛接剤は鋼材表面に発生する酸化鉄に対して粘性を低下し、液化するために使用する。鍛接剤によって液化された酸化鉄は、ハンマーなどによって接合部から飛び出させることで溶接品質を健全なものにする。

金属材料加工技術は、紀元前からあるとされる歴史ある技術だが、この硼砂もそのころからすでに鍛接剤として使われていたとも言われている。職人の世界では伝統的に受け継がれてきた技術だったのだ。

鉄工所の客となるのは、おもに近隣の農家だった。鍬や鋤などの鋼製の農耕具の製作や修理、販売などをおこなっていた。作業所には幅一メートル、長さ一・五メートルほどのコークスの火床やアンビル（金床《かなどこ》）、鞴《ふいご》、焼入れ用の水槽などが置かれていた。刀鍛冶ができる環境でもあった。槌《つち》の音や溶接、研磨の音などが雄介にとっては幼いころから聞き慣れた音である。

自宅に併設された作業所は少年・雄介にとっては恰好の遊び場でもあった。余った鋼板で自作の玩具を作って遊んでいたのである。手裏剣を模したものを作り、木壁に向かって投げて遊んでいた。いまでは「危険だ」などと言われてできないようなことだ。

2

高校時代、雄介はサッカー部に所属していた。日焼けして顔がまっ黒になるほどにサッカーに明け暮れた。音楽も好きだったが、ビートルズではなくローリング・ストーンズに影響され、髪はミック・ジャガー風のオカッパ、長髪だった。

そのころは、その日そのときが楽しければいいという考えだった。学校の勉強も真面目に取り組むことはなく、英語の授業は一度も予習せず、事前に和訳してゆくようなことはなかった。とくに数学では因数分解が始まり、徐々に授業についていけなくなっていく。中学時代は秀才のように言われた雄介だが、しょせんは田舎の中学校でのことだ。高校入学後、ほどなくして、雄介は凡人になり下がってしまう。

そもそも学業成績の云々を語れるような生活パターンではなかった。部活の練習を終えて、帰りはバスを乗り継ぎ、夜七時ごろの帰宅になることが多かった。夕食後はすぐに眠くなってしまう。仮眠をとって夜九時ごろに一旦は起きるが、眠さに打ち克つことができず、そのまま朝まで寝てしまうという生活を繰り返していた。勉強する時間などあるはずがない。しかし雄介自身はそのことに危機感を抱くことはなかった。進学、卒業後のことなどまるで考えることなく過ごした高校時代だった。しかしクラスの他の生徒の大多数は雄介とは違い、予習・復習をきっちりとやっていたようだ。

昭和四十五年、雄介が高校一年生のときだ。この年の十一月二十五日、いわゆる「三島事件」が起こった。作家の三島由紀夫が陸上自衛隊市ヶ谷駐屯地に立てこもり、割腹自殺をしたのだ。

この事件のニュースはその日の昼前に日本中を駆け巡り、雄介の通う誰もが認める県で一番の進学校でも大きな話題になった。雄介のクラスでも同級生たちが三島の行動について議論を始めた。誰が始めるともなく、自然発生的に「ホームルーム」が始まり、白熱した議論が展開された。

「えっ？　ホームルームの開催？　担任の先生もいないのに？　なんて高校なんや」

雄介はただただ驚いていただけである。また、雄介はその様子を、そばでただ聞いているることしかできなかった。三島由紀夫という作家がいることくらいは知っていたが、その人物がなぜそんな行動をとったのか、なぜ割腹自殺をしたのか、雄介にはわからなかった。そもそも、雄介の年齢ではその人の小説を読んだことがない。皆が口にしている右翼主義、美学も何もわからないから、大半のクラスメイトたちが熱く語り合うその中に入っていくことができなかった。普段は無口な生徒までもが語気を強めながら三島について話している様子に、ただただ圧倒されるだけだったのだ。

「なんでみんなそんなに熱くなってるんだ？」

などとうっかり言おうものなら、

「中尾は三島由紀夫の文学を読んだことがないのか？」

と逆に袋叩きにでもされそうな雰囲気である。

「中尾は三島の行動をどう思うんだ？」

と聞かれても、雄介は何も答えられない。恥をかくくらいなら興味がない素振りで静観するしかなかった。

当時、雄介のクラスメイトの中に芹沢《せりざわ》という男子がいた。軽い脳性麻痺《まひ》を持った子だ。身長は低く小学生並みの体格で、発声に少々障害があり、いつもしゃべりにくそうにしていた。しかし芹沢はとても成績優秀だった。彼は三島由紀夫のことをよく知っており、三島の美学もよく理解していた。彼が誰にも負けないほどホームルームでしっかりと自分の意見を述べる姿に、雄介は驚かされた。それまでは同じクラスにいながら、雄介は芹沢とは普段はあまり言葉を交わすことがなかった。彼の知識量だけでなく、同級生たちの前で臆せず自分の考えを堂々と述べる姿を見て、雄介は自分が本当になにも知らない人間なのだと痛感させられた出来事だった。

そんな高校時代を過ごしてきた雄介だが、いよいよ進路を決めなければならないときがくる。雄介には、家業の鉄工所を継ごうという考えはなかった。幼いころから父の仕事を見てきたが、不思議と同じ道に進もうとは思わなかったのである。

その家業は長兄の耕太郎《こうたろう》が継ぐことになった。その兄も、本来ならば建築デザインの世界に進みたかったようだが、その夢を断念して家業を継いだ。雄介はそんな兄をときどき、気の毒に思うこともあった。普通のサラリーマンの子どもだったならば、そのようなことはなかったかもしれない。零細経営における事業承継はつくづく難しいものである。

雄介は京阪《けいはん》大学工学部電子工学科を受験する。しかし合格には至らず、複数年の浪人期間を経て、最終的には京阪大学工学部溶接工学科に入学することになった。

「やはり餅は餅屋だな」

そんな自嘲気味な言葉も、両親の口からこぼれた。

大学に入学できることにはなったが、希望どおりの進路ではなかったせいか、感激や達成感のようなものは何もなかった。大学卒業後に目指す進路のイメージもできないまま、雄介は大学生活を送ることになる。

第2章　「溶接」の道へ

1

雄介の入学した京阪大学工学部溶接工学科は、当時、日本の国立大学では唯一、溶接工学関連の教育をおこなっていた。

雄介は大学近くの学生寮で生活しながら家庭教師のアルバイトをしつつ、通学していた。友人はそれなりにいたが、その友人たちと群れて遊ぶということはあまりなかった。

周囲には幼いころから京阪大学を目指していた者も多かった。雄介のような行きあたりばったりの人生計画しかない田舎育ちとは違う、「都会っ子」たちである。彼らは京阪大を経て一流企業を目指すという生き方を選べる者である。雄介はそんな彼らとどうしてもなじめなかった。

同級生などと、ときどき麻雀《マージャン》などに興じることはあったが、映画を観たり本を読んだり、ギターの演奏やバイクでひとりツーリングを楽しむ時間が多かった。中学生、高校生のころから続けていたサッカーをやろうかと考えたこともあったが、浪人していた時期もある。

さすがにその体力的ブランクは大きく、こちらは断念した。

　四年次、雄介は溶接工学研究所のM研究室に入り、卒業研究として潜水艦の溶接部拡散水素割れについての研究に取り組んだ。当時の溶接工学研究所は、他の大学や民間企業、公立の研究機関などから多くの外部研究員を受け入れていた。学生の雄介たちにとっては、外の世界に触れることができ、いい刺激にもなっていた。大学外の人々との交流も生まれ、人脈も作ることができた。

　この潜水艦の溶接部研究は、日本を代表する、企業の課長が、卒業した研究室の教授に依頼に来て、京阪大学工学部のお墨付きの論文を防衛庁に提出したいがため仕組まれたものである。このようなことは日常茶飯事である。四年次の雄介はそのようなストーリーの一兵士に過ぎなかった。企業からは莫大な研究費が振り込まれる。教授らは、研究費を原資として国際学会やテンポラリーに開催される世界のシンポジウムに発表者として参加し、それが終わると研修と称して開催地の観光地巡りをしていた。

　このような人生を歩むため国立大学の工学部学生は大学院に進学し、修士課程を修了することが通常の行程であった。実際に雄介の先輩や同級生の多くが大学院に進んで研究を続けていた。そして修士課程を終えると誰もが知る一流企業、旧財閥系企業や明治時代から続く官製企業などに就職していくのである。

雄介も大学院進学を考えたことがある。しかし最終的にはそれを断念して就職の道を選んだ。

就職活動の中で、雄介は苦い経験をしている。

雄介のところに、ある先輩経由で就職話が舞い込んできた。関西財界のある大物が経営する空調専門メーカーからだ。当時は誰もが知る有名企業のひとつであり、雄介の大学の卒業生も多く入社していた。悪い話ではないと考えた雄介は、そのメーカーの就職試験を受けるのだが、就職はかなわなかった。

しかし後日、この一件で雄介は学科の事務職員から突然呼び出された。事務室に行くと、

「アンタ、なにしてんの！」

と激しい口調で怒鳴られたのだ。

雄介は何が起こったのかさっぱりわからない。

「な、何かありましたか……？」

雄介が恐る恐る聞くと、

「これや！」

職員は一枚の紙を雄介の前に突き出してきた。それは、雄介が就職試験を受けたメーカーに提出した書類のひとつだった。

「アンタは学科の決まりくらい知っとるやろう！」

雄介は何を言われているのかわからなかった。しかしどうやら雄介は試験を受けに行ってはいけなかったようなのである。

あとでわかったことだが、学生たちの就職は「Xデー」のディスカッションによって決めるというルールが存在していた。それがもはや慣例などではなく、「正規の手続き」になっていたのである。

では「正規の手続き」とは何なのか。「Xデー」とは何なのか。

雄介の通う京阪大学は有名国立大学だ。雄介の所属している学科は国立大学で唯一の溶接工学科である。先端国家プロジェクトを請け負う企業にとっては、その卒業生は喉から手が出るほどに欲しい人材なのである。「卒業生をぜひ当社に！」とでも言わんばかりに、多くの企業から学科の事務局に「求人」という名の推薦依頼が来る。依頼を受けた学科事務局は、それを修士課程二年のリーダー的な学生に伝える。伝えられた学生は、学科の掲示板などを通じてほかの学生たちに「就職決定会」の開催を呼びかける。この「就職決定会」こそが、雄介がのちに「Ｘデー」と名付けたイベントなのだ。

その「就職決定会」は次のような手順でおこなわれる。

まず、対象となる学生は、事実上、修士課程修了予定者のみだ。学部の四年生は対象外であるのだが、決定会に出席しないという選択肢はない。傍聴人のように、静かにディスカッションの成り行きを見守ることしかできない。

まず、仕切り役である修士課程二年の学生が、

「〇〇株式会社は一名です。希望者はこちらに集まってください」

などといった具合に一同に声をかける。するとその企業への就職を希望する修士課程二年の学生たちで集まる。そうやって企業ごとに、室内にはいくつかのグループができるのだ。集まった学生はお互いに成績表を見せ合う。黙ってそれぞれの成績表を見比べたあと、

「ここは俺で決まりだな」

と、成績が一番いい者が就職枠を獲得するのだ。人柄などはまったく関係ない。そして、一番の成績の者には誰も文句は言えない。各グループが同様の方法で就職枠を次々に決めていく。

その枠を勝ち取った者は「教授推薦」というかたちでその企業に入社できるという仕組みだった。

報告を受けた就職担当の教授も、その取り決めに従い機械的に推薦状を発行する。

企業側はその教授から推薦ということで全面的に信頼して採用通知を出す。

成績の確認や人物考査などもない。なにしろ有名国立大学だ。

この「就職決定会」は静かに、そして殺伐とした空気の中でおこなわれていたことにも雄介は驚き、身震いしてしまうような感覚に陥った。

成績表を見せ合ったあとの学生たちの表情。就職先を勝ち取った者はほくそ笑み、勝ち取れなかった者の中には露骨に悔しそうな顔を見せる者もいる。しかしほとんどの者は無表情だ。なにしろ成績表は「動かぬ根拠」である。ほかの希望者よりも成績がよければ就職決定であり、そうでなければほかの企業にトライするしかない。それを出席者の大多数が受け入れて淡々と「ディスカッション」が進行してゆく様子は不気味でもあった。雄介が受験した空調専門メーカーの件も、この「就職決定会」を経て内定者を決めなければならなかった。そもそも大学院生ではない雄介には資格すらなかったのである。

この仕組みは、雄介が入学する何年も前からおこなわれていたことだった。伝統と言ってもいい。そして学生すべてが従わなければならないルールだったのである。

ほとんどの学生が、先輩などからルールの存在を教わり、それを受け入れていた。しかし雄介は講義もサボりがちで、学校にはほとんど行っていなかった。そのため周囲からルールの存在を聞かされることもなく、教えてくれる人もいなかった。完全に「情報過疎」の状態だったのである。

雄介と同じ学科にいた同級生五十人のうち、大学院に進学せずに就職した者はわずかに二、三人であった。

空調専門メーカーの一件以来、雄介はなかなか就職が決まらずにいた。「正規の手続きを踏まなかった」とまで言われてはさすがに動きにくくもなる。

そんな雄介だが、なんとか就職先が決まるときが来た。橋梁《きょうりょう》の建設や補修、管理などをおこなう西日本ブリッジシステム株式会社だ。就職先が決まらずにくすぶっていた雄介を見かねた就職担当教授が、自身が懇意にしている役員のいるこの会社に雄介を潜り込ませてくれたのである。

しかしながら同級生の中には、

「西日本ブリッジシステムは歩道橋しか製作していない二流会社。天下の京阪大生が就職するような会社じゃないぞ」

などと揶揄《やゆ》する輩はいた。例えば原子力発電に使用する鋼材は、橋梁・鉄骨業界で使用されるものとはまったく異なる。「高温引張強度」や「耐クリープ性能」などを要求され、それを満足させる研究が必要とされる企業に、京阪大溶接工学科の卒業生は就職するものであると、その輩は言いたいのである。

当時、西日本ブリッジシステムのように関西に本社を置く橋梁製作専門会社で扱う鋼材は、普通の鉄工所のそれと同じであった。原子力容器の耐熱鋼材、ジェット部品の特殊材料、新幹線等に使用されるアルミ材料などを扱うことはない。技術開発の必要もなく、京阪大学の溶接工学科を卒業してまで就職するほどの企業ではなかった。そんなところに就職する京阪大生は「掃き溜め」に来る〝落ちこぼれ〟というイメージが強かったのだ。

雄介はのちに、関西の同業者である橋梁・鉄骨製作会社グループで形成された研究会に参加することになる。その研究会のメンバーはほぼ全員が京阪大溶接工学科の卒業生だった。しかし彼らは技術者などではなく、やさぐれた管理者のようだと雄介は感じた。京阪大学に在学中はそれなりに〝エリート〟扱いされていたのかもしれない。だが、その〝面影〟などはなく、落ちぶれた技術者崩れという印象だった。西日本ブリッジシステムへの就職を揶揄した同級生の言うことは本当だったと、何年も経ってから、雄介は気づくことになる。

2

入社後、雄介は管理部企画課に配属された。もともと橋梁工事に関心があったわけではないが、橋梁や道路などのインフラ建設は「地図に残る仕事」などとも言われる。考えようによってはやりがいのある仕事だ。ここで雄介はそれまで学んできた溶接の技術を活かし、橋梁工事の一端を担う仕事をしていくことになった。

西日本ブリッジシステムは、大小さまざまな橋梁の建設に携わっていた。ちょうど瀬戸内海において本州・四国連絡橋の架橋プロジェクトが始動したときであり、その工事の一部を請け負っていたせいか、社内には活気があった。


国立大学の溶接工学科を卒業した雄介のような者は、希少な人材でもあったのだろう。社内ではそれなりの評価を受けた。高度経済成長期と言われる時代が終わり、バブル経済期と言われる時代が来る前の「谷間」のような時代だったが、それでも社会のインフラ整備を担う技術者は一定の需要があった。

しかも有名国立大学のひとつである京阪大学の卒業生ともなれば、それは一層際立つ。

雄介と同じ学科で学んだ仲間たちの多くは修士課程修了後、誰もが知る有名な最先端企業に就職していた。学会などにも出席し、大学の教授たちとも交流を深め、国防機密級の研究に携わる者もいたほどである。最先端の技術の研究には、国も共同研究費や助成金などを出す。同窓生の中には国内外の学会に所属し、学会論文集への論文投稿などをしつつ、博士号を取得する者も多かった。

それがキャリア形成の「正道」だったのである。

そんな同窓生たちの活躍をよそに、雄介は西日本ブリッジシステムで仕事に励んだ。同窓生たちが就職した有名企業とはわけが違う。将来に向けた研究開発に時間やコストを費やす余裕はない。目の前の、受注した仕事をこなすことが最優先で、雄介も研究に勤しむ時間はなかった。


雄介は来る日も来る日も、社内の換気のない密室のような小さな部屋で仕事をしていた。工事受注にともない、溶接技能者の品質証明試験片を作成するためであった。有名企業に入った同窓生たちとは雲泥の差だと思った。

大手を振っての研究活動はできない環境だったが、会社そのものの業績は好調だった。

昭和五十五年ごろからは架橋プロジェクトが目白押しとなり、業界全体としてもさらに勢いを増すばかりであった。西日本ブリッジシステムでも橋梁工事を次々と受注し、雄介たち技術職の社員も多忙を極めた。この多忙さは雄介にとって雑念を振り払うのにうってつけだった。何しろあれこれと考える暇がないほどに忙しいのである。

新たな仕事というものは、自身のスキルアップ、キャリアアップにつながる。雄介はいまの自分のような生き方も、これはこれでありだと、少しずつだが思うようになっていった。

雄介は仕事に励みながら、生家の鉄工所のことをふと思い出すこともあった。父と母は鋼鉄を赤熱させて、叩いて接合しようとする加工法を用いていたことについて、その理論を大学進学後に知る。

大学で理論を学ぶことで、また、それを思い起こすことでかつて自分が見てきたことを裏付けることができた。

現場での作業は、学んだことの実践でもある。また、実践ほど学びに溢《あふ》れた場所はないと雄介は思っていた。地べたをはいずり回るようにして得た知識や経験は必ず役に立つ。これこそが、技術者の「雑草魂」である。

いくら大学で理論を学んでも、それがそのまま現場で活用できるわけがない。理論は理論に過ぎないのだ。百の現場があれば、百通りの実践方法があると言っていいだろう。どんなに理論を振りかざしても、いざ現場ではまったく通用しないということはよくある話だ。

研究者と現場技術者は相対的なもので、どちらが上で下かなどと考えることはナンセンスである。理論を構築していくか、実践を積み重ねていくか。どちらが欠けても「ものづくり」はできない。

現場を見ながら、最新の理論や技術の習得を雄介は怠らなかった。理論と実践の双方を常にアップデートしながら進んでゆく。それが非常に大事なことでもあった。

3

入社一年目の雄介には、その後に大きな影響を与える人物との出会いがあった。京阪大溶接工学科出身で、雄介よりも六年ほど先輩にあたる藤井《ふじい》という男だ。

藤井は大学を卒業してしばらく経ってから、広島県にある造船会社に就職していた。ワンマンな社長がいることで、業界ではちょっと知られた会社である。藤井はその会社の水が合わなかったのか、わずか数年で退職してしまったという。

藤井とともにその造船会社を退職して西日本ブリッジシステムに入社したという別のある先輩から雄介は、

「実は俺たちなあ、あの会社から夜逃げしてきたんだよ」

と聞かされたことがある。夜逃げとは穏やかではないが、

「そのとき俺が藤井の荷物を持ってやってよお」

とその先輩は笑いながら話していた。

〝夜逃げ〟という言葉に、何やらデカダンスなにおいを感じて、面白さを感じた雄介だった。

藤井たちは造船会社を夜逃げ退職したあと、あたかも〝流れ者〟のようにいくつかの会社を転々として、西日本ブリッジシステムに入社してきた。いや、流れ着いたと表現したほうがいいだろうか。

雄介の会社にたどり着くまでに何があったのか、藤井はそのいきさつを話そうとしなかったし、雄介もあえて聞かずにいた。

藤井は雄介がそれまでに接してきたどの同窓生とも違っていた。技術者仲間にも同僚に

も、藤井のようなタイプの人物はいなかったのだ。だからこそ、雄介には藤井との交流が新鮮だったのである。

藤井は神戸の進学校を卒業した、頭脳明晰《めいせき》でとても優秀な人物だった。ドイツ語が堪能で、溶接工学などの論文や専門雑誌なども原文でスラスラと読んでしまう。常に勉強を怠らない姿勢は雄介にも強い影響を与えた。

「自分も勉強しなければいけない」

藤井の背中を見て、雄介はそう思うようになっていった。

実は西日本ブリッジシステムに入社した直後、雄介は少々やさぐれていた。小さな会社に入ってしまった、そう思っていたのである。

やはり〝見劣り〟する会社に就職してしまったという負い目のようなものがあった。まともに研究などができる環境ではなく、会社からは「学会には出るな」などと言われていたほどである。

そんな雄介を変えてくれたのが藤井だった。藤井との出会いがなければ、勉強をしない技術者になっていただろう。雄介自身のその後も大きく変わっていたかもしれない。

藤井はそれまで所属していた会社の上司のことを悪く言うことが多かった。どうやら組織になじめなかったようである。しかし藤井と接しているうちに、雄介はその理由がなんとなく理解できるようになっていった。優秀すぎて、組織の枠に収まり切れなかったのだと雄介は想像した。

溶接についての知識や理論も素晴らしかったが、技術者としても非常に優秀だった。そんな藤井を、雄介は密かに尊敬していた。

しかし藤井はとにかくマイペースな人物である。仕事はできるが根無し草のように、仕事中に突然姿を消してしまうこともよくあった。

「おい、藤井はどこに行ったんや！」

工場長が怒鳴り込んでくることもしばしばであった。

「おい、おまえ！　藤井を捜してこい！」

そう言われて、雄介が慌てて藤井を捜しに行くこともあった。しかし、振り回されることがあっても、物事にとらわれない破天荒な藤井は、雄介にとっては大きな存在だった。

工場内の小部屋で一緒に作業をすることもあり、いろいろな話をした。人生経験も豊富な藤井の話はとても面白く、聞いていて勉強になった。

ある夏の暑い日に扇風機の騒音の中で一緒に試験片を作っているときには、
「おい、今日は暑いからアイスキャンディーでも食べに行こうや」
と、わざと神戸弁を強調して雄介を誘ってくることもあった。一緒に仕事場を抜け出して、よく近所の駄菓子屋に行ったものだ。少しやんちゃな中学生が仲のいい先輩に誘われて、学校を抜け出して遊びに行くようなものだろうか。雄介はワクワクするような感覚にひたりつつ、藤井についていった。

その後、雄介も藤井も転職し、お互い別々の会社になってしまったが、交流はずっと続いていった。

技術の世界で生きていくことになった雄介。働いている間はガムシャラに仕事と向き合ってきたが、後年、ある映画を観たことで自分がその世界で実現したかったことに気づくことがあった。

スタジオジブリ映画『風立ちぬ』である。

飛行機に憧れる少年が飛行機の設計士になり、雄介のように技術畑で生きていくストーリーだ。作中で技術者や職人たちが飛行機の技術について夜遅くまで侃々諤々《かんかんがくがく》議論をするシーンが描かれている。みなが心をひとつにして飛行機を作り上げようという熱い思いと、技術者としてのプライドがぶつかり合うようなそのシーンに雄介はとても感動したのだった。

「自分はこういうことをやりたかったんだろうなあ……」

西日本ブリッジシステムに入社後は研究に時間を割くことはほとんどできず、溶接の技術を使って橋梁製作に没頭する日々だった。一緒に仕事をする仲間と技術について語ることはあったが、『風立ちぬ』で描かれているような熱いディスカッションは経験がなく、雄介にとっては憧れのようなものだったのである。

目の前の仕事をこなすことに必死だった毎日。自分からも積極的にそういう機会を求めて動けばよかった……。雄介にとってこの『風立ちぬ』は、いわば〝座右の一作〟であり、その後も数度観返すことになったのだった。

第3章　ボルネオのシャワー

1

雄介が西日本ブリッジシステムに入社して何年か経った、昭和五十八年のことだ。すでに結婚していた雄介だったが突如、長期の海外出張を命じられた。派遣先は東マレーシアのボルネオ島。現地での橋梁工事に携わるのである。

工事の発注元はマレーシア国政府。オーストラリアからマレーシアに橋梁の桁が無償で提供され、それを現地で溶接によって組み立てて橋梁を完成させるプロジェクトだ。

桁の現場溶接、架設、道路のコンクリート床版打設など、完成までの現場工事一式を日本のゼネコンがマレーシア公共事業局から国際入札で落札し、西日本ブリッジシステムはその下請けとして発注されたのだ。社としては、初の海外案件だった。

ボルネオ島の北西部、サラワク州には州都・クチンと、東方に位置する地方都市・ビントゥル方面を結ぶ幹線道路がある。その途中に川幅約一五〇メートルのタタウ川があり、ここに架かる三五〇メートルほどの橋の箱桁の工事。雄介はこのプロジェクトの現場溶接監督として、その任務を遂行していくことになった。

入社して数年の新人同然である社員をそのような重要な現場に、しかも責任者として派遣する会社の考えは思い切ったものだったが、雄介はその大抜擢《だいばってき》を誇りに思った。

雄介以外にも何人か候補がいたようだ。親しくしていた先輩の藤井もその中に名前があがったようだが、なにせ藤井は〝超〟が付くほどのマイペースなタイプである。工期が終わる前にふらっと日本に戻ってきかねないなどと思われたのか、候補からは外れたようだ。

日本からはゼネコンから現場統括の所長、雄介の会社からは現場監督、溶接、架設、非破壊検査等の技術者がひとりずつ、それぞれの専門の職人たち、合計十五人のチームでその年の六月、ボルネオ島に向かった。

雄介はその現場で溶接技術者の技量管理や溶接部の非破壊検査結果の管理などを担当した。現地にはオーストラリア政府の常駐検査官も派遣されていた。彼らとの打ち合わせや協議なども雄介の担当であった。

ボルネオに到着した雄介は、日本の現場との環境の違いに驚いた。

「またすごい現場に来たものだ……」

現場はなにもないジャングルのど真ん中であった。テレビや雑誌などでジャングルの様子は見たことがあったが、いざ実際にそこに立ってみると、ここは日本と同じ地球上の景色なのかと思ってしまう。予定工期は四か月。その間の辛抱だと思った。

辞令が出たときは大抜擢だと思ったが、いざ現場に来てみると、ひょっとするとその考えは間違いであったのかもしれない、貧乏くじを引かされただけだったのではないか……。そう思ってしまうほどに過酷で凄まじい現場であることを、雄介は次第に感じるようになっていく。

現場近くに二階建てのプレハブの宿舎があり、雄介たちはそこで寝起きした。雄介の部屋は二階にあった。周囲の眺望は三六〇度見渡す限り平野と小高い山ばかりである。建物はまったくない。そもそも自分たち以外の人間がいる気配すら感じない場所であった。

仕事のある日は朝七時前に起床して朝食をとり、八時ごろから作業を始める。午前の仕事を終えると一旦宿舎に戻って昼食休憩だ。そして午後の仕事までは二時間ほど昼寝をすることになっていた。日が沈む夕方の五時か六時ごろには仕事を終えた。

日本とは違って、一年中が熱帯雨林気候だ。雨が降ることが多く、年間の降水量は日本の数倍はある。スコールにも頻繁に襲われた。日本でも梅雨の時期に雨が多く降るが、ボルネオのスコールほど激しいものを雄介は見たことがない。視界が遮られてしまうほどの雨量なのである。

スコールは昼寝を取っている間の三十分から一時間ほどの間に降ることが多かった。ある一定の狭いエリアに集中的に降り注ぎ、そしてまたほかのエリアに移動してそこに激しい雨を降らせる。その様子は並んだ植木鉢に順々にジョウロで水を与えていくかのようなものであった。昼寝から目覚めた雄介は、宿舎の窓からほぼ毎日のように鉛色の雨雲とジョウロの水をぼんやりと眺めることも多かった。スコールのあと、現場や宿舎の周辺はそこらじゅうがぬかるんだ状態になる。膝下までの長靴を履く時、プンとしたゴムの臭いが、今でもするようだ。

宿舎には中国人の賄いスタッフがおり、食事の世話などをしてくれていた。米は日本の短粒米（ジャポニカ米）とは違い、長粒米（インディカ米）なのだが、決しておいしくないわけではない。賄いスタッフは、雄介たち日本人の口に合うものを作ってくれていた。

雄介は宿舎の食事の中でもとくにカレーライスがお気に入りだった。ニンニクの味をきかせたもので日本のそれとは違ったが、むしろスタミナがつくように感じたものである。

2

ジャングルでの生活は、雄介にとってはまったくの別世界に来てしまったように感じさせた。電気はおろか水道も通っていない。日本に普通にあるものがないのだ。宿舎の近くには商店などはない。日用品などで必要なものがあれば休日に車で街まで出かけて調達するしかなかった。病院や薬局なども近くにはなかった。怪我や急病のときのことを考えると不安がよぎる。

飲み屋などの飲食店もない。仕事を終えると翌日の仕事までは宿舎で過ごすしかなかった。陸の孤島とはこんな環境のことを言うのだろうか、と思ってしまう。

仕事のあとは退屈しのぎに仲間たちと買い置きの酒を飲んだり、麻雀などをして過ごすのが日課のようになっていった。外界と遮断されたような感覚の中で、雄介は日本から持ち込んだ小さなカセットテーププレーヤーで音楽を聴いて過ごすことが多かった。そのころはマイケル・ジャクソンの「スリラー」という曲が流行《はや》っていた。休日に出かけた街の商店でそのカセットテープを見つけた雄介は、それが違法コピーであるとわかっていながら購入して自室で聴いていた。

テレビがないということは、世の中の動静にも疎くなってしまうということだ。とくに日本の状況は何も伝わってこなかった。工事工程も倍近く遅れていた最中《さなか》で、雄介がちょうどボルネオにいたころ、日本では世間を震撼《しんかん》させるある事件が起きていた。「グリコ森永事件」である。雄介が事件の詳細について知るのは帰国してからだった。すでに妻から話は聞かされていたが、リアルタイムに報道に接していなかっただけに、妻との会話がまるで噛《か》み合わなかったものである。


宿舎では発電機を設置して二十四時間、電灯や冷蔵庫、エアコンなどに電力を供給できるようにしていた。また、雨水を溜めて食事などの生活用水に充てていた。

日本よりも湿度はやや高かったが、エアコンが使えたので蒸し暑さはしのぐことができた。風呂はなく、シャワーのみ。たまには湯船につかりたいと思うこともあったが、このプロジェクトが終わるまでは我慢するしかなかった。

夜には毎日のように、ある「儀式」がおこなわれた。蟬《せみ》の駆除である。日本では見られない緑色の蟬が宿舎の室内に入り込んでくる。それが蛍光灯のまわりをうるさく飛び回り、そのままにしておくとうるさくてとても眠れないのである。昼間の仕事でどんなに疲れていても、これを怠ると安眠できず、疲れもとれない。一匹ずつ手づかみで捕まえて窓の外に追い出すのが大変であった。

現場での水分補給はアメリカの清涼飲料水メーカーの、いわゆる缶ジュースである。現地の水をそのまま飲むわけにはいかない。日本のように蛇口をひねればきれいに浄化された水が出てくるなどということはない。そのまま飲めば体調を崩してしまう恐れがあった。現地ではビールを飲むときに氷を入れる習慣があるのだが、その氷は現地の水で作られたものであり、やはり危険であった。

日本の本社と連絡を取るときは国際電話とテレックスを使用した。これがまた面倒だった。電話は申し込んでから相手側とつながるまで、一時間から一時間半ほど待たなければならないのだ。本社の判断を仰がなければならないようなときなどは本当に困った。緊急の場合は本社に連絡せずに現場で雄介が判断するということも日常茶飯事だった。また現場から車で一時間半ほどの街の中に旅行代理店があり、そこでテレックスを使わせてもらうこともあった。本社への連絡文はすべてローマ字を使ったものになる。なんとも奇妙な社内文書だと雄介は思っていた。

現地での車の移動も大変なものがあった。幹線道路はほとんどが未舗装の悪路である。凹凸《おうとつ》の激しいところも多かった。走行中は気を付けていないと天井に頭を激しくぶつけてしまうほど揺れた。うっかりしていると舌を噛んでしまいそうにもなる。しっかり歯を食いしばって堪えるか、口にタオルでも挟んでおかなければならないような状態だ。スコールの直後は泥だらけで走りにくい。逆に乾燥した日になればホコリが舞って視界が不明瞭になってしまうこともある。移動するだけでも命懸けだ、と雄介は思っていた。

週末には、オーストラリア人技術者との現場懇親のバーベキューに付き合うこともあった。彼らと仲良くなることができたが、仕事をしているときは打ち合わせなどで四六時中一緒に過ごしていただけに、この週末のバーベキューが少し煩わしく感じることもあった。また当時のオーストラリア人の英語はなまりがひどかった。

「I go to the hospital to die」

などと言われて雄介はギョッとしたことがある。よく聞いてみれば「to die」ではなく「today」と言っていたのだ。冗談のような話だが、そんなことでコミュニケーションが嚙み合わないことも多く、それが軽いストレスに感じられることもあった。

雄介は現場でもっとも若いエンジニアであった。そのせいか、バーベキューのあと、オーストラリア人技術者に〝拉致〟されるように街に連れていかれて二次会に付き合わされることも多かった。最年少者、部下、後輩……。こういった人たちが飲みに連れ回されるというのは日本と同じようである。アゴひげをたくわえた大柄なオーストラリア人溶接技術者は要注意である。


こんな毎日を送っていると、休日はさすがに宿舎に閉じこもる気分になれない。

雄介たちは息抜きのためにランドクルーザーに乗って、一時間ほどかけて街まで出かけた。同僚たちもこのときばかりは開放的な表情になっている。宿舎を出るときは置き去りにされないよう、みんな急いで準備をして出かけた。

街に着くと、そこで一泊してリフレッシュする。二週間に一度程度の娯楽のひとときであったが、こういった時間はやはり大切だった。心身ともにしっかりと休息をとるようにという会社の配慮でもあった。そんな時間を経て、また厳しい現場に戻っていくのである。

街へ出たときに、雄介が楽しみにしていることがあった。理髪店での散髪である。二週間しか経っていないので、まったくと言っていいほど伸びてはいない。それでも髪を切ってもらってサッパリすると、気分が晴れてくる。そして理容師にマッサージをしてもらうのだ。雄介にとっては束の間の癒しであり、二週間に一度の楽しみでもあった。

街にはナイトクラブがあり、カラオケを楽しみながら酒を飲むこともあった。大きな声で歌えば、さすがに日ごろの仕事の辛さからは解放されたような気分になる。

一緒にカラオケに興じた仲間の中に、毎回と言っていいほどに谷村新司氏の「昴《すばる》」を歌う者がいた。それまで雄介はこの歌を知らなかった。この歌はいつの間にか雄介の「十八番」になったが、日本ではなくボルネオで覚えた歌だった。

帰国してからも雄介はこの「昴」を聴くたび、歌うたびに、ボルネオでのことを思い出してしまう。現地の光景、蒸し暑さや仲間たちの顔、ドブの臭い、よく食べていたものなど……。タイムマシンにでも乗って当時に戻ったような不思議な感覚に包まれるのだった。

ゼネコン会社から派遣されていた現場技術職員が現地でよく食べていたのは、セコガニ十数匹を中華鉄鍋に入れ、醬油、溶き卵で炒めたものだった。甲羅、爪、足が割れていて、見た目にも食べるのが面倒くさいものだった。客へのおもてなしに現場職員がよく注文していたが、とても美味しいとは思えなかったものである。

ビントゥルには地方空港があり、クチン国際空港からのYS－11プロペラ機が発着していた。現場にもっとも近く、雄介たちが最初に降り立った場所でもある。

その空港に到着したばかりの雄介たちは、ゼネコン会社からそのセコガニ料理のレストランに連れていかれ、そこで歓迎を受けたのだ。このレストランは空港から徒歩で行けるほどの距離であった。到着してすぐのセコガニ料理によるもてなし、凹凸のひどい道路、そしてはみ出したオープンエア席のドブ臭さにはほとほと参ってしまい、ひどい現場に来たものだと思ったのである。

3

言うまでもなく、派遣された者の多くにとっても、ボルネオは慣れない土地であった。

そのため、少し月日が経つと体調を崩してしまう者も出てきた。

とくによく見られたのは「マラリア」だ。マラリアはハマダラカという蚊を介して感染、発症する病気で、一～四週間の潜伏期間を経て発症すると言われており、多くの日本人は免疫がない。治療が遅れると重症化し、最悪は命にかかわる事態にまで至ってしまう。

雄介は、現場にいたオーストラリア人技術者がマラリアを発症して高熱で倒れる姿を何度か目撃している。戦時中は南方戦線においてこのマラリアを発症して死に至った日本軍将兵が多数いたことを雄介は知っていた。その恐ろしさは知識として持ってはいたものの、現実に目《ま》の当たりにすると、さすがに恐怖を覚えた。

幸い雄介自身は、滞在中も帰国後もマラリアや風土病を発症することはなかった。現地での多忙な毎日の中で、健康管理は特別に留意することなく過ごした雄介だったが、若さゆえの強さがあったのかもしれない。


多くの作業員が慣れない環境で病気や怪我の不安と隣り合わせの状態で仕事をしていた。そんなとき、雄介たちに大きなショックを与える知らせが飛び込んできた。それは休み明けの現場で仕事をしているときにもたらされた。

「おい、源田《げんだ》さんが亡くなったぞ」

「えっ！　源田さんが……！」

現場は騒然となった。源田はゼネコンから派遣されて現場で所長を務めていた人物だ。日本では「鬼監督」と呼ばれることもあった男である。ベテランで実績も豊富な所長だった。角刈り頭でガッシリした体格、寡黙で職人気質の、いかにも「現場監督」という風貌の所長だった。

訃報を聞いたとき、雄介は一瞬、

「源田さん、まさか自殺じゃないだろうな……」

と思ってしまったが、聞けば心筋梗塞だという。その直前の休暇に、ゼネコンから派遣された者数名で飛行機に乗り、ゴルフリゾートに出かけていた。そこに源田も参加していたのだ。ゴルフを楽しんだあと、宿泊先のホテルの客室で突然倒れたのだという。仕事におけるストレスやプレッシャーなどが原因だったと見られている。リフレッシュのために行ったゴルフであったはずだが、そこでの悲劇に、関係者はみな、やりきれなさを覚えたものである。

雄介が自殺を疑ってしまったのは、実は以前からそれらしき兆候があったからである。とくに雄介が心配していたのは、源田の日常の様子だ。雄介は源田の行動に我が目を疑ったことがある。

宿舎の一階には食堂があり、毎日三食がそこで賄われる。セルフサービス形式で、各自トレーを持って、並べられたおかずなどを取り、ごはんや汁物は各自でよそう。

ある日の夕食時のことだ。雄介が食事をしていると、少し遅れて源田が食堂に入ってきた。ひどく疲れたような表情をしている。顔色もよくない。雄介はそれが気になり、なんとなく目で源田を追った。すると源田はトレーを取らず、並べられたおかずの前をそのまま通過した。

「食事をしにきたわけじゃないのかな？」

その後、源田はごはんジャーの前まで行くと、ドンブリにごはんを軽めによそった。そして次の瞬間、そばにあった冷水ポットからドンブリのごはん目がけて水を注ぎ始めたのだ。

「え！」

雄介も思わず箸の動きを止めてしまった。あ然とする雄介には目を向けることもなく、源田は少し離れたテーブルに着き、水浸しのごはんを流し込むようにして食べ始めたのだった。それを食べ終えると源田は、誰とも口をきかずに自室に戻っていってしまった。

慣れない土地の食事が合わなかったのかもしれないが、お茶などではない、ただの冷水をかけて食べるその姿は異様そのものだった。

現場にはオーストラリア人の技術者や現地採用の職人もいた。彼らとのコミュニケーション手段は英語である。源田は英語ができなかった。ボディランゲージというほどではないが、身振り手振りで作業を指揮していた。言葉が通じない辛さもあったのだろうか。

源田は仕事明けや休暇のときは麻雀に明け暮れていた。酒を飲むこともあったが、ほかの作業員たちと交わるわけでもなく、いつも一人で飲んでいた。孤独感があったのかもしれない。

源田は日に日にやせ細り、顔色も悪くなって、現地入りしたばかりのころとはまったく違う元気のない姿になっていった。

「この人、大丈夫かな？　どこか悪いんじゃないか？」

雄介もほかの者も、そんな源田をただ見ていることしかできなかった。

雄介自身は比較的ストレスをうまく処理できていたほうなのだろう。それだけに源田の様子とその急逝は気の毒でならなかったのだ。

源田は不調を訴えることはできなかったのか。あとになってそう思うこともあったが、職人気質の源田である。弱みを見せることは源田にとってそれ以上に辛いことだったのかもしれない。

仕事に殉じ、橋梁の完成を見ることなく世を去ってしまった源田に、若かった雄介は究極の「企業戦士」の姿を見たように感じていた。


源田の遺体が日本に送り返されるとき、雄介たちも見送りに行った。このときも、日本では経験できないような出来事がいくつかあった。

霊安室で遺体を見守っているときのことだ。現地の医師がやってきて腐敗防止のためのホルマリン注射を源田の遺体に打ち始めた。その様子を雄介たちも黙って見守っていたのだが、打ち終えるとその医師は雄介たちに、

「君たちも打つか?」

と注射器を見せながら言ってきた。何かの冗談かと思っていたが、どうも本気らしい。さすがに断るしかなかったが、日本の医師ならばまず言わないようなことを、さも当たり前のように言ってくる現地の医師に驚かされた。

輸送するための棺桶《かんおけ》のようなものが用意された。日本のような木製のものではない。薄

い鋼板のようなものを組み合わせて作るのである。鉄製だけに、このまま火葬になどできるはずがない。単なる輸送用である。

その鋼板製の棺桶を組み立てるときは、雄介たちが溶接作業をおこなった。これも何とも言えない体験だった。溶接作業のためにボルネオに派遣されていたが、まさかそこで棺桶、それも自身の上司にあたる者の棺桶の溶接作業をすることになるとは夢にも思わなかったのである。

鉄の棺桶に収められた源田の遺体はセスナ機で近くの国際空港まで一時間近くかけて運ばれた。冷たい鉄製の棺桶に入れられた源田が、雄介は気の毒でならなかった。

このとき、輸送の費用が当時の日本円で三十万円ほどかかったことをのちに雄介らは聞かされる。すでに亡くなっている人であり、旅客ではなく「荷物」としての扱いであった。万が一、墜落などの航空事故が起きてしまった場合の保険なども含まれているようだが、雄介は人に値段などつけられるものではないはずだと悲しい気持ちになった。

源田を見送ってほどなくしてから、後任としてゼネコンから小野寺《おのでら》という人物が新しい所長として派遣され、作業完了まで現場を仕切った。雄介たちが仕事を終えて帰国したあとも、小野寺は続けて次の現場としてパプアニューギニアに派遣された。

後日、小野寺について想定外の報道がされた。車での移動中に、現地の武装集団に拉致されてしまったというのだ。新聞報道によると、人質として捕えられたとのことで、所属していたゼネコンに身代金要求があったのだという。

その後ゼネコンは身代金を支払ったのか、小野寺が無事に解放されたのか、はたまた現地の治安当局に捜査を依頼したのか、雄介の知るところではなかったが、海外出張というものはつくづくリスクの大きいものだということを知った。自分が赴任している間はそのような目に遭わずにすんだが、それは幸運だったと思う一方で、万が一と考えると、今でもぞっとする。


亡くなった源田だけではない。ボルネオでは体調に異変を来す者が次々と出た。とにかく気温も湿度も日本とは比べものにならず、蒸し暑さのせいか、疲労が取れずに蓄積されていく者も多かったのだろう。これといった娯楽もなく、気分転換も簡単にはできない環境だった。

西日本ブリッジシステムから一緒に派遣された現場所長が、

「耳だれが出てとまらない」

と言い出したことがあった。仕事を休んで病院に行ってもらったが、いつまでたっても症状が改善されない。結局工事の完了を待たずに帰国する羽目になってしまった。日本にいるときは健康そのものの所長だったが、日本にはない細菌に感染してしまったのかもしれない。

のちにわかったことだが、彼はどうやら日本に帰りたかったようである。耳だれの発生も原因不明のままだった。相当な精神的な負荷があったのか。彼のポジションは西日本ブリッジシステムの現場所長であったが、その責任を捨ててまで日本に帰りたかったのかと考えると、雄介はいま自分がいる現場が想像以上に過酷なところであることを思い知ると同時に、そんな現場では所長であっても責任を放棄してしまうことが現実にあるのだということを知ったのだった。

そのようなこともあって、昼食後の昼寝休憩の時間は、当初は一時間だったものが二時間に延長された。作業員の肉体的・精神的な負荷を少しでも和らげようという考えだったのだ。

そして工事も終盤にさしかかったころだ。今度は別のある作業員が仕事中に腰の痛みを訴え始めた。症状としてはよくある腰痛のようにも思えたが、それがなかなか治らず、作業もできない状態になってしまった。終日宿舎で横になっている有様である。どうしたものかと思っていたとき、

「街まで行けば〝ゴッドハンドのマッサージ師〟がいるらしいぞ」

という情報がもたらされた。さっそくその作業員を行かせたのだが、何度も通わせたものの症状は一向に改善しなかった。施術の費用も、当時の日本円で一回八〇〇〇円と、やけに高くつく。そうこうしているうちに今度は、

「シンガポールにもゴッドハンドがいるらしい」

などといった情報も入ってくる。いまのようにインターネットがあるわけではない。情報収集も困難で、現地での人を介したネットワークや口コミなどを頼りにするしかなかった。

雄介はその作業員をシンガポールに行かせることを真剣に考えたのだが、どうもキリがなくなるような気もしていた。腰の痛みというが、マッサージなどの施術で果たして治るものなのか、疑問を抱き始めていたのである。

「メンタル的なものが原因なんじゃないのか？」

なんとなく、雄介はそう感じていた。精神的なストレスや不安などが体調に異変をもたらすことがある。そういったものはたいてい診察でも原因不明と判断される。

「この人はもうここにいたくないんじゃないのか？」

宿舎の自室で寝たきりで苦しそうにしているその作業員を見ながら、雄介はふとそんなことまで思ってしまった。

日本ならばきちんとした医療機関で適切な治療が受けられたかもしれないが、遠く離れたボルネオではどうしようもない。雄介はほかの作業員たちとも協議して、彼を日本へ帰して別の作業員の派遣を依頼することも考えた。しかしそれも難しいものがあった。そのとき、工事自体は全体の八、九割ほど完了していたのだ。工事初期の段階ならばいざ知らず、このタイミングで代わりの作業員の派遣を本社に進言するのは躊躇《ちゅうちょ》された。本社でも人員を手配するのに苦労するだろう。自ら手を挙げてボルネオ行きを志願する者がいるとも思えない。

では、腰痛に苦しむ本人はどうか。ほとんど寝たきりに近い状態でいるのも辛いだろう。だが、自分から日本に帰りたいとは口に出さない。出したくても出せないのかもしれない。

職人特有の根性論というよりは、一度携わった仕事を途中でやめてしまうことが許せないという思いもあるかもしれない。

「あなた、もう日本に帰りますか?」

雄介も何度も、彼にそう言おうとして結局言うことができなかった。

雄介がそう言ってしまえば彼は帰国せざるを得なくなる。それで彼の職人としての誇りを傷つけることになりかねないのだ。

結局彼は作業に復帰することもなく、日本に途中帰国することもなく工期の終了を迎え、雄介たちとともに日本に帰ることになった。雄介はのちのちまで彼に対し、とても気の毒なことをしてしまったかもしれないと悔やんだ。


現在のように企業のコンプライアンスが厳しく問われる時代ではあり得ないことだ。いまならば即帰国、即療養である。かつての体育会的な風土の強い建設業界だからこそ、このようなことになったのだろうか。

ボルネオでは仲間の死や病気などのほかにも、およそ普通では体験できないようなことが多く起こった。
ある日の昼休みのことだ。午前の作業を終えて、雄介らは宿舎に戻って休憩を取ってい
た。昼食後、雄介は自室のベッドに寝転がっていた。うつらうつらとしていたそのときだ。
ドカーーーン！
ものすごい爆発音とともに、宿舎の建物が震えるのがわかった。
「どうした？　何があった！」
爆弾でも落ちたかと思うような激しい音と衝撃。慌てて廊下に飛び出すと、ほかの作業
員たちも出てきて騒いでいる。
「何かが爆発したぞ！」
爆発音は宿舎の外かららしい。急いで出てみると、資材置き場のあたりで炎と煙が立っ
ていた。どうやらガスボンベが爆発したようだ。近くに作業員が二名倒れ込んでいた。ふ
たりとも火傷《やけど》を負っている。すぐに手当てをしなければならないが、近くに病院がない。
車も出払っていてすぐには手配できない。雄介は負傷した作業員ひとりを背負って、一時
間ほど歩いて病院に連れていった。
爆発の原因は逆火である。火傷を負った作業員たちは昼休みにガスバーナーを使ってア

クセサリーのようなものを作ろうとしていたようだ。そのときに逆火が起こり、ガスボンベが爆発してしまったのである。ひとりは現地採用したボルネオの作業員。もうひとりは日本から来ていた非破壊検査のエックス線作業者である。ガスの扱いには慣れていなかったのだろう。

安全対策や事前の地質調査などがしっかりしている日本ではほとんど起こり得ないようなことだ。あとから思えば、ずいぶん計画性のない現場であったと思うのである。

工事そのものはおよそ八か月で完了した。

開始前は四か月ほどだと見られていたが、予定工期の倍ほどの期間を要したことになる。土木工事は天候などの自然現象に左右されることが多い。工事前の準備期間や工事後のもろもろの整理・処理などの時間も含めると、雄介たちは一年ほどボルネオにいたことになる。

技術対応以外でもいろいろなことがあった。

現場、とくに宿舎での楽しみといえば酒かギャンブルくらいしかなかった。ギャンブルに没頭する作業員も多かったが、それも仕方がないことだったのかもしれない。

雄介が引率した日本人溶接作業者の中にも、ゼネコン会社社員と麻雀に興じていた溶接班の親方がいた。しかし彼はどうやら〝負け〟が多かったらしい。しかもその〝支払い〟がかなり滞っていたようなのだった。

作業が完了し、雄介たちの帰国の目途も立ったころ、その親方に〝貸し〟のあるゼネコン会社社員が、

「帰国する前に〝負け〟分をきっちり清算してくれ」

と言ってきたのだ。当の親方にはもはや、それを清算する〝余力〟はなかったようである。どうにもならなくなった親方は、

「中尾さん、何とかしてくんねえか」

と雄介に泣きついてきたのだ。ベテランの親方が入社数年の若造の雄介に、である。仕方なく雄介は現場経費を工面して、親方の〝負け〟分をゼネコン会社に支払ったのだった。

一年近い計画および作業がようやく終わって橋梁も完成、その達成感にひたりたかった雄介だが、最後の最後でずいぶんと後味の悪い体験をさせられたのだった。

作業に携わった者たちはみな、日本から意気揚々と現地に乗り込んできたものだ。しか

し過酷な環境の中でみんな病んでしまったのか……。悲しい気持ちを抱いたままで帰国の途につくことになってしまった。

雄介にとっては、あっという間の一年だった。

使命感のようなものに後押しされてがむしゃらに取り組み、時間の経過を感じる暇もなかった。毎日の仕事に追われ、いつの間にか一日が終わり、そんな日々の積み重ねで、気づけば帰国の日を迎えていたという印象だ。

この国での仕事は、雄介の人生にとってとても特殊な経験となった。

第4章　ピノキオの憂鬱

1

昭和五十九年五月、雄介は計画も含めて一年近くにおよぶボルネオの工事期間を終えて帰国し、再び西日本ブリッジシステムＳ工場の勤務となった。

久しぶりの工場であるが、懐かしいなどという感情はなかった。なにしろ入社後数年しか経っていないタイミングでボルネオ赴任の辞令が出たのである。もともと出張も多く、Ｓ工場に出社することも少なかったのだ。

雄介は技術課に配属された。そのころ雄介は、ボルネオに行く前には感じなかった、ある変化に気づいた。自分に対する周囲の目が変わったのである。

以前はどこか新人扱いという面があった。面倒見の良い先輩もいた。しかしその空気はもうどこにもなくなった。

「あいつはもう一人前だ」

という目で見られているのか、一瞬、そう思った。雄介自身も自分の成長を自覚していたからだ。しかし何かが違った。そんな〝あたたかい〟眼差しなどではなく、もっと冷ややかな何かがあった。

「ボルネオ帰りだか何だか知らねえが、どこまでやれるのか見せてみろ」

とでも言わんばかりの、やや挑発めいたものがあるようだった。

雄介はこの会社ではいわば〝エリート〟だった。そういう意味で入社直後は大型新人のように見られ、周囲の期待も大きかったに違いなかった。ボルネオ赴任も、

「過酷な現場を経験して大きく成長して戻ってきてほしい」

という思いがあったのかもしれない。

たしかに雄介は、ボルネオでの仕事を通じて相当に鍛えられた。現地で何か突発的なことが起きると、通信手段が乏しい場所では本社に判断を仰ぐことが難しく、様々な決定を雄介の判断でしていたのである。そんな経験をすれば必然的に成長はするだろう。しかし、辛い現場を経験したというだけで、所詮は社会人経験の少ない若造に過ぎない。雄介はまだまだ自分は勉強中だという思いがあった。

しかし周囲は違った。言葉遣いも何だかよそよそしいものがあった。職人たちと打ち合わせをしているときでも、

「こいつ、京阪大出身のエリートで海外の現場を経験してるらしいが、本当にできるのか？」

といった、試すような態度を感じた。

日常の業務においても、以前に比べて自分への風当たりが強くなったと思うことは多々あった。雄介は現場の職人に指示を出すこともあるのだが、中には職人気質の頑固な者もいて、その説得のためには雄介のプロフィールはむしろ障害となり、職人の中には依頼した仕事をおこなわない者もいた。

例えば溶接作業に入る前に、鋼板の表面に施された塗装（プライマー）をはがさなくてはならない知見が、その当時公表され、それをしなければきちんとした溶接ができず、欠陥が生じてしまうにもかかわらず、「こんな作業、やってられるか！」などと言い、拒むのだ。

雄介は、なぜそのひと手間が必要なのか、それをしなければどうなるのか、知識を駆使して、説明していった。

技術的なことは雄介も大学時代に学んではいたが、現場での実作業となるとまた別だ。職人を説得できるほどの知識と技術を同時に学んでいかなければならなかった。

職人たちの態度は真面目さの裏返しでもあった。

ベテラン職人の中には尋常小学校を卒業してその世界に入った者もいる。そんな職人たちには自信や誇りがあるのだ。中には自分のルーティンとは違ったことを要求されるのを極端に嫌がる者もいる。二十年も三十年もこのやり方でやってきたのだという自信があるのだろう。一方的な指示出しは受け入れてもらえない。

そのため、職人の自尊心を傷つけないよう、気分よく仕事をしてもらえるように進めていく必要があった。


普段、職人と接していると、雄介はボルネオでのある出来事をふと思い出すことがあった。現地人の若い職人Aのことだ。Aには現場である作業のアシスタントのようなことを任せていた。しかし作業の進展にともない、その作業は必要なくなり、Aを作業から外そうという話が出た。ところがそれをAが承服しなかった。

「どうして自分を外すんだ！　続けさせてくれ！」

と、怒ったのである。これに雄介はひどく驚いた。

Ａと話をしてみると、アシスタントとはいえ、自分のやっている仕事にとても誇りを持っているということに気づいた。日本の会社が自分の国へ来て、自分たちのために橋を作ってくれている。それを手伝うことができることに、Ａはやり甲斐《がい》を感じていたのだった。

ボルネオでの雄介は四六時中、職人たちと一緒に過ごしていた。彼らと公私関係なく接し、彼らの話を聞いていくうちに職人特有の仕事への取り組み方やそのプライドなどがいつの間にか、わかるようになっていた。

日本に戻ってから職人に接するときも、雄介はこの経験を生かした。

中でも溶接の職人とは、とくにコミュニケーションが必要だった。

溶接の作業は極めて孤独なのである。溶接の職人は遮光マスクや遮光メガネを使用して溶接部分しか見えない状態で作業をおこなう。作業中には火花が出るが、その中心あたりの強い光（アーク光）を長時間裸眼で見てしまうと白内障などの原因になってしまうからだ。

緻密な作業にたった一人で集中するから、孤独にもなる。

それゆえに溶接の職人とは十分な交流が欠かせなかった。もし、孤独なまま作業をさせてしまうと、仕事の欠陥に気づきにくくなり、ひどい場合には〝ごまかし〟や手抜きをやられてしまう。もちろんあとからエックス線などで確認すればわかることではあるが、もとからの欠陥をなくすことは、大切なことである。

雄介は、職人とはよくディスカッションをするように心がけた。どんな作業をするのか、職人に意見を求め、

「自分ならこうします」

などと自分のやり方を提案した。これならば職人側にもやらされ感が少なくなり、自ら進んでよい方法を探してくれるようになっていった。

現場のたたき上げのようなベテラン職人と、雄介のような大卒の技術者は一見、相容れないように見える。しかし必ずしもそうではない。

雄介が西日本ブリッジシステムに入社して間もないころのことだ。雄介よりも三十歳は年長であろうベテランの溶接職人で、中谷《なかたに》という男がいた。とても気さくな人柄で、雄介もこの中谷とは話がしやすかった。

工場内には溶接工の控室のような部屋があるのだが、雄介が工場に顔を出すと必ずと言ってよいほど中谷が、

「よう、来たか。まあ寄っていけ」

と、雄介をその部屋に招き入れてくれ、コーヒーを出してくれたのである。

中谷は雄介をとてもかわいがってくれた。雄介も工場に顔を出すのが楽しくなるほどに中谷を慕ったものだ。中谷とコーヒーを飲みながら世間話をすることもあった。先輩であり、親友でもあった藤井の話題もよく出たものだ。藤井は社内でもちょっとした有名人だったのだ。なぜ中谷がそこまで雄介をかわいがってくれたのか、会話をしていくことで、雄介は次第に理解した。

「この会社の未来を背負うこの若者を大切にしなければ」

どうやらそんな思いがあるのだと雄介は感じた。

職人の中にはたしかに、頑固で独りよがりな者も少なくない。中谷はそんなタイプの職人とは違っていた。会社への思い、その行く末を気にする人なのだろうと雄介は思った。雄介のような、親子ほども年の離れた若者に対しても最低限のリスペクトを示してくれていた。

上下関係が厳しく、行き過ぎてパワハラ的なことも普通におこなわれる職人の世界だが、中谷のような人物がいることに雄介は安心した。雄介は中谷を尊敬した。

2

雄介を見る目が変わったことは、社外の人間にも同じことが言えた。

ボルネオから帰国してしばらくすると、雄介は工場の設備導入を担当することになっていた。当然、社外の業者などからの調達業務も増えてくる。そのせいか製鉄会社や鉄鋼商社などの営業マンが頻繁に雄介を訪問してくるようになった。

雄介が仕事をしていると、受付から内線電話が入る。

「中尾主任、〇〇製鉄の〇〇様がお見えです」

「またか」

雄介はやれやれとばかりに作業の手を止めて、受付に出向き、訪問者と面会した。

社外の営業マンたちは、具体的な用事があって雄介を訪ねてきているわけではなかった。

雄介と世間話をして、十分程度で帰っていくのだ。つまり営業のための顔つなぎに来ているのである。

同じ業界内ならば、他社に関する情報が耳に入ることもある。ボルネオ帰りの雄介に関する情報が出回っていたのかもしれない。

「西日本ブリッジシステムにボルネオの現場を仕切ってきた者がいるらしい」

「設備の導入を担当しているぞ」

「なんでも京阪大の溶接工学科を出ているエリートなんだそうだ」

「幹部候補かもしれないから顔を売っておこう」

などといったことがささやかれていたのだろう。彼らのそういう気持ちが透けて見えてしまうし、訪問を受けるたびに仕事を中断しなければならず、雄介はかなり煩わしく感じていた。

たしかに雄介の所属する部署では、使用する資材や機材などを他社から購入することがある。そのとき雄介はその決裁者ではなかったが、いずれそうなるだろうと見られていたのかもしれない。もっと上に行くかもしれないと過大に見積もっている営業マンもいたのだろう。

技術畑を歩んできた雄介は、営業の世界のことはあまりわからない。彼らも大変だろうと同情する一方で、営業という仕事はある程度覚悟をして図々しく振る舞わなければできない仕事だとわかり、自分にはとうてい無理だと思っていた。

周囲からエリートと見られてしまうことに、雄介は幾ばくかの違和感を抱いていた。同じ京阪大溶接工学科出身者の中では、雄介はエリートと呼ばれるグループからは外れていた。同級生も先輩も後輩も、多くは最低でも大学院修士課程までは修了している。就職先も誰もが知る有名企業だ。雄介のように知名度のない会社に就職して学会に出ることもなく、埃《ほこり》っぽい工場で職人に怒鳴られたりしながら仕事をしている者が、どうしてエリートと言えるだろうか。

一方で雄介は、世間一般の「エリート論」に疑問を持っていた。教授や研究者と呼ばれる人たちはたしかにエリートなのだろう。彼らが学会誌などに書いた論文を読むこともある。素晴らしい理論や学説に触れ、よく研究してあると思うこともある。しかしときどき「この人は現場のことを知らねえなあ」と思ってしまうこともあるのだ。

現場をよく知る雄介にとっては、しっくりこない研究も多いのである。

雄介は自分のことをエリートくずれだと思っていた。研究一筋の学者とは違う、現場一筋の職人とも違う、その中間のような位置にいると思っていたのだ。

「どんなに立派な理論を並べても、実際の現場で活かせなければ意味がない」

雄介は、学問をやった上で現場を経験しているという自負をずっと持ち続けていた。

そのころ、橋梁業界全体では自動化が進んでいた。この点で西日本ブリッジシステムは他社よりもやや遅れをとっており、自動化のための設備導入がなかなか進まなかった。雄介たち技術者は、以前から会社側に自動化に向けた橋梁パネル製作ラインの早期導入を進言しており、ようやく実現することになった。雄介はその担当に指名された。

業界内でも後発であるため、設備は他社の模倣になってしまっては意味がない。雄介は奔走し、関係する企業などを回って折衝し、最新のものを導入した。

雄介の大学の先輩にあたる人が大阪近郊の橋梁製作会社に多数在籍しており、雄介に知識を与えてくれた。他社の工場を見学させてもらう機会も得て、技術や設備について十分に学ぶこともできた。

所属会社は異なっても同じ大学・学科の出身ということで、お互いに仲間意識があったのである。同窓のつながりのよさを知る機会にもなった。

ボルネオのときと同様、この設備導入の担当も大抜擢であった。

それだけにプレッシャーも大きかった。たとえ最新の設備を取り入れても、それをうまく使いこなせないのであれば、宝の持ち腐れである。面子《メンツ》とプライドをかけたプロジェクトだった。

幸い大きなトラブルもなく、橋梁パネル製作ラインは完成し、問題なく稼働し始めた。

雄介の大仕事がまたひとつ実を結んだことになる。

このときの雄介は、達成感よりも安堵《あんど》感のほうを大きく感じた。

3

橋梁建設に限らず、多くの建設工事はその地域との共生が極めて大切だ。反対されれば工事ができなくなってしまう。事前に地域住民などの利害関係者には十分な説明をおこなって理解を得なければならない。

橋梁の場合、架設を担当する者は現場付近にしばらく常駐するため、周辺地域とのコミユニケーションは欠かせない。作業を現地の業者に発注する、現地の商店や飲食店などを積極的に利用するなど、地元に経済的な効果をもたらす工夫をすることもある。

そのほか留意が必要なのは、河川に魚などが住んでいるケースだ。川が汚れて貴重な資源が失われるようなことがあれば、魚を獲って生計を立てている者の生活も左右される。現地に漁協組合などがあれば、協議も必須だ。工事期間中は漁ができなくなることもあるため、補償についても検討することになる。漁協によっては、工事期間中は漁船に注意喚起するための船舶を出す場合もある。そういった費用は総じて「漁業補償」と呼ばれ、工事の予算にも含まれている。

保護の対象は魚などの生物だけではない。植物も同じだ。

例えばこのようなことがある。近畿エリアには大阪湾につながる淀川がある。この上流、大阪府高槻市の河川敷には「鵜殿《うどの》のヨシ原」と呼ばれる、ヨシの群生地が広がっている。大阪みどりの百選、関西自然に親しむ風景１００選にも選ばれている、七十五ヘクタールにもおよぶ広大な場所だ。ここで採れるヨシは、平安時代から続く日本の伝統芸能・雅楽の管楽器のひとつである「篳篥《ひちりき》」の「蘆舌《ろぜつ》」に使われている。大切なヨシの群生地であるため、橋梁工事で影響があってはならず、近くに架橋するわけにもいかなかった。

では、どの位置に橋脚を建てれば影響がないか。入念に調査がおこなわれた。

橋を造ることで人々の暮らしは便利になるかもしれないが、人と自然との共生は何よりも気を遣うのである。


しかし、どんなに事前に配慮を尽くしても、実際に工事が始まると、さまざまなことが起こる。

当時は反社会的勢力の人間がやってくることも多かった。彼らはいわゆる〝銭ゲバ〟である。よくあるのはトラロープ（黒と黄色のロープ）の売り込みだ。

「このロープを買ってくれるまでは帰らねえ」

などと言ってくるのである。ほとんど押し売りと同じなのだが犯罪行為でもない。実際に現場で使うこともあるため、やむを得ず買うことになる。大した金額ではないが、それで経費がつり上がってしまうこともあった。

雄介は工場での作業がメインになるため、現場に常駐することはない。しかしたまたま現場に行ったときに、大量のトラロープが置かれているのを見たことがあった。

「ああ、買わされたな」

と思ったものだった。

橋梁にはいくつか種類がある。桁の部分の材料に何を使うかで、コンクリート橋、鋼橋、石橋、木橋などに分類される。例えばコンクリート橋の場合は現地でコンクリートを打つ。それに対して鋼橋は現地ではなく工場で複数のブロックを製作して、それを現地に運んで組み立てていく。つまりブロックのトラック輸送が可能でなければならず、道幅などを事前にしっかりリサーチしておく必要がある。途中でトンネルや橋の下などを通過しなければならない場合は、桁の高さを設計にも反映させるのだ。状況に応じて「低床」のトラックが必要となる。輸送トラックの重量も要確認である。積み荷や乗員を含めた車両の総重量は道路法で定められているのだ。

このように橋梁工事はあらゆることを事前に、詳細に把握しておかなくてはならないのだ。設計だけでなく、もちろん経費にも反映させておく。専門的知識のほか、経験がなければできない仕事だ。

第5章　本州・四国間の橋梁製作

1

雄介が西日本ブリッジシステムに入社して二十年以上が経った平成十五年。雄介も社内ではすっかりベテランとなり、取引先からの評判も上々であった。脂の乗り切った〝働き盛り〟真っ只中である。それまでコツコツと積み重ねてきた技術と知識、そして経験を遺憾なく発揮しながら、充実した日々を送っていた。

公共工事を請け負うこともある西日本ブリッジシステムの主要取引先の中には本州四国連絡橋公団（本四公団）がある。昭和五十五年ごろから盛んになった本州四国連絡橋（本四連絡橋）の架橋プロジェクトは、長年社内を活気だたせた。

本四連絡橋の構想自体は古くからあり、明治二十二年に香川県会議員の大久保諶之丞によって提唱されたのがその始まりとされる。

プロジェクトが本格的に動き出したのは、昭和三十年五月十一日に起きた「紫雲丸事故」がきっかけだったとも言われている。国鉄の宇高連絡船・紫雲丸が、高松港の沖合約四キロの地点で貨物船・第三宇高丸と衝突・沈没した事故だ。修学旅行中の小学生・中学生を含む百六十八名が犠牲となり、本四連絡橋の早期建設の機運を一気に高めた出来事でもあった。

この事故が起きた年は、奇しくも雄介が生まれた年でもある。本四連絡橋工事に携わる者として、不思議な因果を雄介は感じていた。

本四連絡橋には四つのルートがある。ひとつは昭和六十三年に開通した岡山県倉敷市と香川県坂出市を結ぶルートで、下津井瀬戸大橋や櫃石島橋などからなる。

そして平成十年に開通したのが、神戸市から淡路島を経由して徳島県鳴門市を結ぶルートで明石海峡大橋や大鳴門橋からなる。大鳴門橋の起工式がおこなわれたのは、ちょうど雄介が京阪大学の溶接工学科に入学した年だ。

三つめは広島県尾道市と愛媛県今治市を結ぶルートで、来島海峡大橋や因島大橋などからなる。開通したのは平成十一年で、このとき雄介は四十四歳になっていた。

そして四つめが屋代島、津和地島などを経由して山口県柳井市と愛媛県松山市を結ぶルートで西瀬戸大橋と呼ばれるものだ。

これらのうち雄介はおもに、明石海峡大橋や来島海峡大橋の製作にかかわった。働き盛りの時期に、本四連絡橋の製作という国家プロジェクトに携われたことは雄介にとって誇りであり、幸運なことでもあった。

これらの橋梁の製作に携わったときのことだ。雄介には忘れられない出来事がある。橋梁には鋼製のものもあればコンクリート製のものもある。鋼製の橋梁はコンクリートに比べて繊細なものだ。

橋脚の部材は工場で製作し、それをひとつひとつ溶接しながら垂直に積み上げていくのだが、各部材の接触点に傾きや凹凸などがあってはいけないため、各部材同士がきれいに接触するよう、その接触面を整える切削作業をおこなう。

鉄の世界は温度との闘いでもある。鋼は熱の影響を受けやすく、形状が変わることもあるからだ。気温にも気を付けなくてはならず、切削作業は気温変化の影響をもっとも受けにくい深夜から早朝の時間帯、日の出前におこなう。しかもわずかな日光の差し込みで気温が変わってしまうため、作業場の窓という窓は暗幕が張り巡らされているほどであった。

雄介が関わった橋脚の部材も同様の方法でおこなわれた。あるとき五メートル角ほどのブロックを切削する作業が生じ、それはそれまでにはなかったほどの緻密さが要求されるものだった。わずかなズレもあってはならないため、とても神経を使う。しかも普段は眠っている深夜から早朝の時間帯におこなう作業ということもあり、作業員の負担も大きい。

この切削作業が進行していた期間のある日の朝、出勤途中の昼勤社員が、路上に切削作業員の一人が倒れているのを発見した。深夜・早朝作業を終え、帰宅するために駅に向かっている途上で倒れたのだ。発見されたときはもう息がなかった。因果関係ははっきりとしなかったが、過労や心労の蓄積によるところが大きかったのではないかと、この知らせを聞いた雄介は思わずにいられなかった。それだけ過酷な作業だったからだ。

鋼製の橋梁はそこまでしなければ精度を維持できないものなのだが、死者を出してまで追求すべきことなのだろうかと、雄介は複雑な気持ちになった。

2

本四公団の仕事を受注するようになってから、雄介の会社には、取引先である特殊法人から〝天下り〟で入社してくる人が数名いた。彼らは西日本ブリッジシステムと取引先公団などとの〝パイプ〟的な存在であり調整役でもあった。

中でもこの時期の雄介の印象に強く残っているのが、本四公団から入社していた湯川《ゆかわ》という工事長だ。雄介よりも年長であり現場経験も豊富な人物だった。

雄介は湯川とはフィーリングが合ったようで、仕事を離れた場でも交流があった。湯川はよく雄介を飲みに連れていってくれた。上司や先輩からかわいがられるということはあまりなかった雄介だが、この湯川は特別に雄介をかわいがってくれたものだ。

あるときは外国から来ていた大学教授と雄介を、一般客には開放されていない明石海峡大橋の塔頂に連れていってくれたことがあった。明石海峡大橋建設は湯川が携わった仕事であり、そのようなことが可能だったのだろう。

海面からの高さが三〇〇メートル近くもある塔頂からは、瀬戸内海や大阪湾、淡路島や本州、四国を一望でき、雄介は大いに興奮したものだ。

〝高いところから見下ろす〟ということは自分の性に合わないと思っていた雄介だったが、この絶景を体感できる巨大な橋梁の建設を見えないところで支えているのは自分たちだという自負と自信が強まった体験でもあった。

ひょっとすると湯川は、そんな気持ちを雄介に持ってほしいと思い、この場所に連れてきてくれたのかもしれないと、のちに雄介は思うようになった。

飾りっ気がなく、おおらかで面倒見のよい性格の湯川は、雄介の恩人の一人である。

第6章　「事件」の発覚

1

平成十五年前後は、雄介にとっては公私ともに充実していた時期でもある。そんな時期に何のめぐり合わせか、雄介はある〝事件〟に遭遇することになる。

どの業界においても不正やミス、その隠蔽はあってはならないことだが、必ずどこでも起こり得ることなのかもしれず、それは建設業界も例外ではなかった。

公共工事においては入札などで不正が発覚して報道されることはよくあるが、このとき雄介が遭遇したのは製作工程上で発生した〝ごまかし〟である。欠陥工事あるいは手抜き工事という見方もできるが、それだけで表現できるような簡単なものではなかった。

雄介は大きな衝撃を受けた。

自分の所属する会社の行ったことでありながら、雄介はそれを報道で知ることになる。

世間にだけでなく、社内に向けても隠蔽されていたのだ。

長年、技術者として橋梁工事に携わってきた雄介にとって、自身の誇りを傷つけられる出来事であった。

　不正がおこなわれたのは本四連絡橋の第四のルート、西瀬戸大橋建設でのことだ。西瀬戸大橋は平成元年に工事が始まり、平成十三年に開通した。ほかの三つのルートは本四公団による施工であったが、西瀬戸大橋は中国四国道路機構（中四機構）による施工で、西日本ブリッジシステムが工事を受注した案件である。

　この橋の鋼製箱桁の寸法が間違っていたのだ。

　西瀬戸大橋は「箱桁橋」と呼ばれるものだ。箱型に製作した複数の桁を現地で溶接などによって組み合わせて架橋する。この箱桁のひとつの寸法が間違っていた。長さが足りなかったのである。

　本来、このようなことが起これば、まずは発注者である中四機構にその旨を報告しなければならない。しかし西日本ブリッジシステムはそれをしなかった。隠蔽を謀《はか》ったのである。

　そして箱桁の寸法が足りなければ、正しい寸法のものを製作し直すはずだが、それをおこなわず、間に合わせの箱桁を用意して組み立てていたのだ。

報道によると、完成図面にはなかった溶接の痕跡が見つかったという。この件で西日本ブリッジシステムの社長と工事責任者であった専務が引責辞任した。社長は会見で「社会的信頼を損なう結果となった」と謝罪した。

橋が開通してから四年ほど経ってからの発覚だった。この間、何台の車と何人の人がこの橋の上を通っていたのか。事故は起きていなかったし、起きる可能性は低かった。しかし経年劣化が進むうちに手抜き箇所が思わぬ事態を引き起こす恐れもある。人命に関わることにでもなれば、謝罪で済む話ではない。

この事件が社員たちに知らされたとき、さすがに社内は蜂の巣をつついたような大騒ぎとなった。

「橋をつくり直すことになるのか？」

「損害賠償だけでウチの会社の何社分が吹き飛ぶんだ！」

不正の詳細がわからないうちは、社員全員が突然、洗濯機の渦の中に放り込まれて強引に洗われているような感覚に陥った。最悪は会社がなくなってしまうかもしれないという不安。インフラ整備を担う会社として社会を裏切ってしまうことをしたという罪悪感。なぜそのようなことが起こってしまったのかという疑問と怒り。

そもそもどうやって発覚したのか。報道では「完成図面にない溶接の痕跡が見つかった」とのことだが、それはいかにして見つかったのか。橋を利用する一般人が見つけるはずがない。関係者による〝たれこみ〟以外に考えられないのである。


実際、事件は匿名による投書で発覚したのである。中四機構だけでなく、各報道機関にも告発の投書がなされたのだった。

この事件は全国紙の社会面で報じられた。紙面には欠陥部分、つまり不可解な溶接痕跡の箇所についての詳しい手描きのイラストが掲載されていた。告発者本人が描いたものだ。決してわかりやすいイラストではなかったが、事情を知る者にしか描けないものであり、雄介自身、それを見た瞬間、

「内部の誰かが、たれこんだな」

とすぐにわかった。関係者にしか描けないものだったのである。

イラストには、箱桁の断面の縦リブが溶接によって継ぎ足されていることが細かく描かれていた。おそらく絵が得意ではない職人だろう。そのイラストからは、描き手の怒りの

強さが強烈に伝わってきた。よほど腹に据えかねたのであろう。

今日のようにSNSなどが盛んな時代ではない。指一本で自分の主張を不特定多数に向けて発信できる環境はなかった。そんな時代に告発文を送るということは、どれほど勇気が必要だっただろう。想像しただけで、雄介は告発者を称賛したい心持ちになった。

雄介はこの新聞記事を脳裡《のうり》に焼き付けた。


誰が告発したのか、発覚当初は社内でさまざまな憶測が飛び交った。

西瀬戸大橋のプロジェクトに関わった者を中心に「あいつじゃないのか？」といった〝疑惑の目〟が向けられることもあり、社員同士が疑心暗鬼に陥り、社内の雰囲気もひどく悪いものになった。

しかしこの事件の問題は、告発者が誰かではなく、工事の〝手抜き〟と〝ごまかし〟である。

「なぜそんなことをしたのか？」

告発者を非難する者がいたことに、雄介は苛立ちを覚えていた。

不正や隠蔽に関与していない者は、好き勝手なことばかり言う。まるで他人事のように言う者もいた。根拠があいまいなことを面白おかしく語る者もいた。

自分の会社の不正なのだ。会社がなくなり、失職するかもしれないという不安があるのはわかる。

しかしそんな不正を働いた会社の人間として、自社のおこないを恥じる気持ちはないのか。

橋梁工事は人々の暮らしを支える大切な仕事だ。手抜きやごまかしは人命に関わることもある。そんな仕事に携わる者としての自覚を持て！　と雄介は思っていた。

第7章　不正はこうしておこなわれた

1

この不正・隠蔽事件について、西日本ブリッジシステムは社内に第三者的調査機関を設置した。雄介はそのメンバーに選ばれ、溶接箇所の検査を担当することになった。

しかし本来ならば、このような調査機関は社内ではなく、社外の調査機関に委ねるべきである。真相究明と再発防止のためには、それは当然のことだ。ところが西日本ブリッジシステムにはそういった発想はなかった。そもそも本気で調査などをする気がなかったのかもしれない。社内の人間に果たして客観的かつ公正な調査などできるのだろうか。当事者意識の欠落、社会的責任の大きさへの関心の薄さに雄介は怒りを覚えながらも調査業務をおこなった。

雄介には疑問がたくさんあった。この事件で雄介が受けた衝撃は大きく、彼自身がそれを知りたかったのである。雄介は調査に携わり、真相究明に全力をあげることを密かに誓っていた。

一体なぜそのようなことになってしまったのか。製造部が図面を読み間違えたわけではない。社内において架設方法や架設順序に急な変更が生じてしまったためだ。そして雄介は調査を通じて典型的なヒューマンエラー、いわゆるコミュニケーション不足が原因であることを知った。

2

一般的に中四機構から架橋の発注があった際、詳細な橋のスペックまで指定されるわけではない。「ここからここに道路を通すので橋を架けたい」程度のことが言われるだけである。

西日本ブリッジシステムはそれを受けて架橋予定地などをつぶさに調査して、長さや架橋位置、使用する資材を決めて中四機構側にお伺いを立てるのだ。それでＯＫとなれば作業開始である。すべて西日本ブリッジシステムの責任において工事を完了させせなければならない。

今回の場合、おもに関わっていたのは設計部と製造部だ。西瀬戸大橋のように、海上に架橋するようなビッグプロジェクトの場合は、設計部、製造部、工事部などのコミュニケーションが非常に重要になってくる。

設計部は調査に基づいて架設方法や架設手順を決め、設計や資材の選定を始める。製造部は設計部から図面や仕様書が届いてから作業に着手する。

しかしこのとき、鋼板箱桁の寸法が流動的であった。なかなか決まらなかったのである。

当時の設計部の責任者は真山《まやま》という人物だ。国立大学の大学院修士課程を修了した三十四歳、入社十年目の係長である。真山は製造部の主任、大卒で入社五年目の大西《おおにし》に、図面や仕様書を渡しながら、設計が流動的である旨を伝えた。

「箱桁の寸法がまだ確定的ではなくてね。変更になるかもしれんから」

そう言われた大西も、

「工期もあまりないですよ。それじゃあこっちも困ります」

「確定したらすぐに連絡するよ。それまではできる部分だけでも進めといてくれ」

真山はそう言った。

設計部から製造部に伝えられる初期情報があとで変更になることは、実は珍しいことではない。このときも真山は大西にそのことを示唆していた。

この場合、製造部としては、変更の有無が確定するまで作業を止めて待機すべきなのである。しかしコスト的なロスはなくなるが、工期全体の時間的ロスが出てしまう。

大西は製造部の部下・久保田《くぼた》と、実際に作業をする構内下請け会社、荒木工業の若社長・岡村《おかむら》を呼んだ。久保田は高等専門学校を卒業した入社三年目の若手だ。

大西はふたりに図面や仕様書を渡し、作業着手を指示した。

荒木工業は組み立てや溶接を事業とする会社である。構内下請け会社とは、発注会社の敷地内や工場内で業務をおこなう会社のことだ。大西は、

「設計部から、箱桁の寸法が決まっていないと言われたが、まあ、これはそのうちに決まるやろう。工期もあまりないし、できるところから作業を始めてくれ」

そう付け加えた。西日本ブリッジシステム側の作業管理は若い久保田に任された。荒木工業で実際に作業する者も若い作業者たちである。作業員たちは久保田の言葉どおり、作業に着手した。矢は放たれたのだ。

製造部側は図面や仕様書を見ながら作業を進めたが、大西は工程表からも目を離すことができなかった。

「真山さん、設計のほうはどうですか？　寸法は決まったんですか？」

大西はたびたび、設計部側に催促をした。

「すまん、もう少し待ってくれ」

「製造部のほうでも作業がけっこう進んどるんで。なるべく早く確定させてください」

「ああ、わかったよ」

そんなやりとりが製造部と設計部との間で何度か続いたが、これも決して珍しいことでもなかった。そのうち大西も多忙となり、作業は部下たちに任せるようになっていった。設計部側への〝催促〟も滞りがちとなってしまう。

それからひと月以上は経ったころだ。設計部の真山が大西を訪ねてきた。

「大西さん、待たせたね。ようやく決まったよ」

こう言われて大西は「あっ！」と思った。箱桁の寸法が未確定だったことを思い出したのである。新しい図面と仕様書を見せられて、

「前のものよりも長くなってますねえ……」

それは仕方のないことだ。こういうこともあり得ることである。大西は久保田と、荒木工業の岡村を呼び、

「箱桁の最終の図面と仕様書や。これで完成に向けて作業をしてくれ」

と言って渡した。すると久保田も岡村も一瞬「えっ？」と言わんばかりの表情になる。

「箱桁って、どこの箱桁ですか？」

「決まっとるやろう。西瀬戸大橋のや」

そう大西が言い終えるか終えないうちに久保田が、

「ちょ、ちょっと待ってください！　西瀬戸の箱桁は、もうひとつは完成してしまってますよ！」

それを聞いて大西も、そばにいた真山も顔色を変えざるを得なかった。

「どういうことや？　変更されるかもしれんからそこは待って、ほかのところを進めておけと言ったたろう！」

すると久保田と岡村はキョトンとした表情で顔を見合わせた。

「そんな話は聞いていませんが」

「いや、言ったはずや」

こうなるともう、言った言わないの水掛け論である。実を言うとこのとき、大西自身も明確に伝えたという記憶がない。あいまいだったのだ。それでもここは「伝えたはず」で押し通すしかない。大西は若社長・岡村に、最初に渡した図面と仕様書を持ってくるように言った。岡村はこのとき四十五歳。ベテランであり大西よりも年長であったが、そこは下請け会社である。言われるまま、渋々という様子で下請けの事務所に戻り、図面と仕様書を持ってきた。

「ここにメモをホッチキス止めしといたはずや」

そう言って大西は図面を開いて見始めたが、どこにもそれらしいメモ紙は残っていない。ホッチキス止めの痕跡も見当たらない。

「本当にメモを付けてたんですか？」

久保田が少し呆《あき》れたように言った。大西は久保田のほうを向き直って、

「口頭でも伝えたはずや」

とやや強めの口調で言ったが、久保田は冷静に、

「それを言われた記憶はありません」

と、上司に向かって小声で答える。横にいる岡村も憮然《ぶぜん》とした表情でうなずいている。設計の真山は黙って、どこか他人事のような態度で成り行きを見守っていた。

寸法の確定が遅れたのは設計部側の問題である。一方の製造部側には、大西、久保田、岡村にコミュニケーション不足があったのは間違いなかった。

完成してしまった箱桁は、ゼロから作り直さなければならない。つまり〝廃棄〟ということになる。ゼロからのやり直しとなれば費用もかかるし時間もかかる。真山も大西も、それぞれ設計部長、製造部長にお伺いを立てるしかなかった。しかし部長レベルで判断できることでもない。両部長は担当取締役・長谷部《はせべ》に判断を仰いだ。

「足らんのは数十センチやろう？　継ぎ足しはできんのか？」

長谷部はあっけらかんとした表情で言った。これには真山も大西も驚いた。詳細な説明を求められ、社長はじめ役員会に提出する報告書を至急作成するように命じられると思ったからである。しかし長谷部の口からはそんな言葉は出てこない。

真山も大西も、技術的なことは熟知している。長谷部の言う〝継ぎ足し〟が不可能ではないことはすぐにわかった。長谷部の言葉を受けて真山はどうしていいかわからず、っていた。

「大西さん、どうや？」

と聞いたが、そこに真山の「そうするしかない」と言わんばかりのものを大西は感じ取っていた。

「荒木工業に伝えます」

大西はそう言って事務所に戻って荒木工業の岡村を呼び、長谷部と同じことを言った。

「継ぎ足しはできんのですか？」

聞いたとたんに岡村の表情が曇る。大西は黙って岡村を見つめた。ここまでいくと無言の圧力である。

「できんことはないがねえ……。大丈夫なんですかね？」

不安そうな岡村の言葉には万が一のときの〝責任の所在〟を明確にしようという意思が見え隠れしていたが、大西はあえてそれに気づかないふりをして、

「おたくの技術力なら大丈夫でしょう」

と、笑いながら言ってみせた。うまくいかなければ「おたくの技術力不足」ということを言外ににおわせたのだった。立場の弱い下請け側の岡村は結局、大西に押し切られる形となり、継ぎ足しをおこなうことになる。

これによってゼロからのやり直しはなくなった。余計なコストも時間もかからない。しかしすでに出来上がっていた箱桁に、新たな部材を継ぎ足すというのは明らかな〝ごまかし〟であり、紛れもない〝不正〟だ。欠陥商品だとわかっていながらそれを店頭に並べるのと同じ行為である。〝暴挙〟以外の何物でもない。

今回のプロジェクトでは架設方法がなかなか決まらず、そのために箱桁の長さを決めるのにも時間を要し、早い段階で工事全体に遅れが出ていた。

もちろん設計作業にも遅れが出る。当然、製造部での作業も遅れてしまうことになるが、だからといってスケジュールを後ろ倒しにすることは許されない。工期全体に関わるからだ。そしてしわ寄せは製造部と、その構内下請けである荒木工業に集中することになる。

最終的な時間の帳尻を合わさなければいけない製造部には、早く作業を始めたいという思いがあったようだ。そのため、設計部から届いた初期の架設情報をもとに動き始めた。

このとき、その架設情報が最終のものではないということは珍しいことではない。設計部から製造部、そして構内下請けにその旨が伝えられていたはずなのだが、どうやらそれがうまく噛み合っていなかったようだ。製造部の大西は「伝えた」と言い、管理を担当していた久保田と構内下請けの岡村は「聞いていない」と言う。明らかなコミュニケーション上の齟齬《そご》だ。

しかしそれはそれ。言った言わないは、もうどうしようもない。大切なことは、そこからどうするかである。寸法の間違いが発覚したあと、その情報は担当取締役の長谷部には報告されていたが、そこから上には報告されていない。長谷部はこれが重大なインシデントにつながることを認識できなかったのか、何の対処もせず現場に丸投げしてしまった。

本来ならば最高責任者である社長に報告し、発注元である中四機構にも報告すべきであった。しかしそうなれば作業のやり直しは必至だ。余計なコストと時間がかかってしまい、担当取締役の責任問題にもなる。長谷部はそれを恐れたようだ。

設計部内でも葛藤があっただろう。設計の遅れ、変更。製造部や荒木工業へのしわ寄せ。設計部の真山としては製造部に対してその負い目があったはずだ。製造部や荒木工業においても、

「なんでまた最初からやり直さなければならねえんだ！」

そんな職人たちの言葉が飛び交うのは容易に想像できた。説得にあたるのは大西だったが、説得自体が面倒になっていたことも考えられる。

それまで取り組んできた仕事が水泡に帰し、ゼロからのやり直しは受け入れがたいのは当然だ。極端に嫌悪する者もいる。これは橋梁建設に限ったことではなく、どの仕事にも言えることだ。

実際に作業をした荒木工業も、大西からの依頼内容の意味はわかっていたはずだ。しかし悲しいかな、そこは下請けである。黙って不正に加担するしかなかっただろう。業界内の悪しき階層構造である。大西から指示された荒木工業は、工場内にある材料を使って、箱桁の足りない部分を継ぎ足したのだった。

のちの調査で担当取締役の長谷部は、

「継ぎ足しはできるかと聞いたが、やれとは言っていない」

と責任逃れの発言をしている。設計部の真山は、

「寸法の確定に時間がかかってしまったが、製造部でなんとかしてくれると思っていた」

と、こちらも責任転嫁だ。結局は製造部の大西が荒木工業に継ぎ足しを指示したかのよ

うに思われたが、いずれにしても、絶対に「やってはいけない」ことを組織ぐるみでやったということは変わらなかった。

「黙っていればわからない」

「バレなければ大丈夫」

そんな甘い考えが関係者たちの心の中にあったのだろう。それが社会的にどれほどの影響を及ぼしてしまうのか、考えもしなかったのか。雄介は同じ橋梁マンとして恥ずかしいとすら思ってしまった。

関わった者たちは、まさか告発者が出るとは思いもしなかったであろう。どのようなかたちで箝口令《かんこうれい》が敷かれたのかはわからないが、思わぬかたちでその不正行為は白日の下に晒《さら》されることになった。

3

西瀬戸大橋が開通し、四年近くが経過していた。橋は何の問題もなく日常的に使われていた。この間、不正に関わった者たちはどんな思いで過ごしていたのだろうか？　後ろめたさも感じずに過ごしていた者が大半だろう。中には発覚を恐れてビクビクしていた者がいたかもしれない。新聞やテレビのニュースなどを見るのも恐ろしかっただろう。

事件が発覚する少し前、西日本ブリッジシステム内の人事異動で川村《かわむら》という人物が工事部から工場長として赴任してきた。

川村は現場経験が豊富な技術者らしく、ガッシリとした体格で強面。声も大きい男だ。職人気質な性格もあり、少々パワハラ体質なところもあった。いまでは問題視されることはあっても当時の建設業や製造業ではとくに珍しいことではない。能力は高く、やり手ではあったものの、部下や下請け会社の社員などの評判は決して芳しいものではなかった。

川村は、いわゆる上昇志向の強い人物でもあった。

工場長として赴任した川村はさっそく改革をおこなおうとした。当時その工場では製作経費削減が課題となっていた。大幅な経費削減が達成できれば自身の評価は上がる。

そこで川村は、構内下請けの荒木工業に目を付けた。

「製作原価の削減が進まないのは荒木工業に元凶がある」

そして独断で荒木工業の人員削減を断行したのである。溶接・組立作業単価の低減などの細々としたことを積み重ねるよりも、人員削減のほうが即効性があると考えたのかもしれない。

しかし人員削減が穏やかに進むことはまれである。当然のことながら荒木工業側の反発があった。

荒木工業の職人のレベルは非常に高く、西日本ブリッジシステムには欠かせない大切な構内下請け会社でもあった。そして何より、〝ごまかし箱桁〟も製作上は何の問題もないかのようなレベルに仕上げた会社である。

西日本ブリッジシステムの社内からは、高い技術力を持つ荒木工業の職人を削減することを疑問視する声が上がった。とくに不正と隠蔽に関与した者は、荒木工業からの報復的な告発を恐れて猛反対した者がいたかもしれない。

しかしそもそもあとから来た川村は不正・隠蔽には関与しておらず、その事実も知らなかった。他人の声には耳を貸すことはなく、計画どおり人員削減を進めたのである。

中四機構や報道機関に告発文が届いたのはその直後だ。タイミング的にもこれは荒木工業の関係者が腹いせにやったのだろうと想像できた。実際に削減の対象になってしまった作業者なのか、それともそれ以外の者か。いずれにしても荒木工業側には、

「西日本ブリッジシステムに指示されて泥をかぶってやったのに」

という思いがあったはずである。

荒木工業にしてみれば、西日本ブリッジシステムへの貸しのつもりだったかもしれない。しかしそれを仇《あだ》で返されたのだ。そこから憎悪が芽生えたとしても不思議ではない。とくに削減の対象になった者の中に関与した者がいれば、捨て身の告発事件があっても不思議ではない。

新聞には「どうする？　西日本ブリッジシステム」という見出しが掲載された。

国土交通省や警察などによる事情聴取もおこなわれた。きっかけとなった川村も事情聴取を受けたが、不正に関与したわけではないため、罪に問われることはなかった。

社長のほか、不正があった当時の工場長が早々に引責辞任をした。しかし雄介をはじめ多くの社員たちが、

「逃げ足の速いやつらだ」

と思ったものである。辞めればいいというものではない。残された社員たちはどうすればよいのか。急遽《きゅうきょ》、若い取締役が社長に就任することになったが、経験不足は否めない。この創業以来の未曾有《みぞう》の危機にどこまで対応できるのか。

醜いまでの責任のなすりつけ合いも起こった。

「設計部の設計変更の判断が遅すぎるから仕方がなかったのだ」

と、ごまかし箱桁の製作を指示した製造部は言い、

「設計変更の可能性は事前に伝えてあったはずだ。製造部が勝手に作業を進めてしまったからこうなったのだ」

と設計部は言う。責任ある立場の者たちまでもが他人事のような顔をして沈黙を貫く姿勢にも雄介は憤りを覚えていた。

このとき、雄介がもうひとつ憤りを覚えたことがある。本四公団から天下っていた湯川への風当たりだ。湯川は不正にはまったく関与していない。彼を告発者として疑う者はいなかったが、本四公団と中四機構は別組織ではあるが国土交通省の外郭団体であり〝横のつながり〟があると見られていた。事実、湯川は中四機構にもパイプを持っていたことが

社内でも知られていたのだ。そんなことが湯川の立場を微妙なものにしてしまっていた。

「余計なことを中四機構に報告しているんじゃないのか？」

「あいつは中四機構から送り込まれたスパイなのではないか？」

などと、あらぬことを言う者がいたことが、雄介には我慢がならなかった。

公私両面において湯川と交流のあった雄介には、湯川が自分の組織の不利益になるようなことをするとは思えなかったのである。

湯川が会社の幹部に何度か呼び出されていたことも知っている。この事件についての処理を依頼されたのだろうか？　湯川は何も話さなかったが、理不尽なことを要求されたのかもしれない。

「中尾君、世話になったね」

湯川は雄介にそれだけを言って、ある日突然西日本ブリッジシステムを退職してしまった。その理由も、湯川は何も話さなかった。雄介の中でさまざまな憶測が生まれたが、真相がわかることはなかった。湯川はスッパリと竹を割ったような性格の持ち主である。自身がここにいることで余計な疑念が生まれてしまうことをよしとしなかったのかもしれない。

その去り際の鋭さ、決断の速さと潔さに、雄介は湯川の「らしさ」を見た気がした。もともと正義感の強い人物だった。この不正についても雄介と同様、憤っていたのだろう。

西瀬戸大橋はその後、中四機構の意向で徹底的な非破壊検査がおこなわれた。検査対象を壊すことなく欠陥や劣化の状況を調査する検査方法のことだ。病院のレントゲン検査やＣＴ検査などをイメージするとわかりやすいかもしれない。

不正がひとつ発覚すれば疑惑は無限にふくらんでいく。中四機構はほかにも同じような不正箇所があるのではないかと疑い始めた。実際に雄介たちは、

「あなたたちは、ほかの橋でもこんなことやってるのか？」

と調査に来た中四機構の担当者に、怒りと呆れた感情が入り混じった言葉で言われてしまった。当然のことだ。完全に信用を失ってしまったのである。

しかしこれは雄介自身も同じ気持ちだった。雄介は年間に十前後の橋梁工事に携わっている。それらの中には、自分の知らないところで今回のような不正がおこなわれていたかもしれなかった。自分の会社を疑いたくはないが、いま日常的に人や車が通過している橋は大丈夫かと考えることもある。

疑い始めるとキリがなくなる。自分が製作に直接関わった橋でそのようなことがあったとなると、雄介自身の誇りも傷つけられてしまう。西日本ブリッジシステムが製作に関わった橋梁は、中四機構発注のもの以外にも全国にいくつもあった。最悪はそれらすべてが調査の対象になってしまう可能性もあったのだ。

今回の件を受けて、中四機構は西日本ブリッジシステムが提出した西瀬戸大橋の品質保証記録を疑い始めた。そのため非破壊検査は非常に厳しいものになった。だましていたわけだから仕方のないことだ。しかしその検査は重箱の隅をつつくような、非常に細かいものであったことも付け加えておかなくてはならない。

大前提として、どんな構造物にも大小差はあれ、欠陥は必ず存在する。最初から無欠陥の構造物などはない。要はそれぞれに欠陥の大きさに対する「許容基準」というものがあり、その基準に照らして検査の合格、不合格が決まることになる。

非破壊検査の手法のひとつに超音波探傷試験というものがある。これはおもに溶接部に対して適用される試験だ。探触子という発信装置から発生させた超音波が鋼板の中を伝播《でんぱ》していく。するとそれが溶接部の欠陥である平面や球面にぶつかって反射する。反射した超音波は受信部で捉え、距離などを三次元的に把握して、欠陥がどこに位置しているのかがわかるようになっている。また、エコーの高さ（反射の大きさ）によってその欠陥が重大なものか、そうでないかを判断してゆくのだ。

しかし超音波の受信感度を過度に高く設定すると、欠陥とは言えないような小さなものまで欠陥と判断されてしまうことがあり、中四機構による検査はまさにそれだった。しかし西日本ブリッジシステムとしては、そんな粗探《あら》しの検査に対しても物申すことはできなかった。

不正の事実が報道される際に、明らかな切り取り報道がなされたことも、雄介たちは合点がいかなかった。不正は不正でしかない。しかし問題のないものまで問題視されてしまうことは理不尽だった。

4

不正が起きてしまう背景にはさまざまなものがあるだろう。とくに公共工事の場合は受注者、つまり実際の工事を担う会社の姿勢にも問題があると、経験から雄介は感じるようになっていた。

西日本ブリッジシステムによる、西瀬戸大橋での不正は、実は氷山の一角であり、世の中のいたるところでおこなわれているのかもしれない。

寸法の間違いは、あってはならないことだが起こってしまう。どんなに技術が進歩しても人間のやることだ。ヒューマンエラーの可能性は常につきまとい、これは仕方のないことである。大切なことは、関わった人間がどう対処するかということだ。

間違いをやってしまったら、それを世の中に対して詳《つまび》らかにすることである。それをせずにごまかし、隠蔽した時点で、それは間違いなどではなく、不正ということになってしまう。

また間違いが発覚した時点で、そのことを中四機構にすみやかに報告して判断を仰がなければならなかった。しかしそれを怠ってしまった。これはもうコミュニケーションの齟齬などではない。明らかにコミュニケーションの拒否、放棄である。

「バベルの塔みたいだな」

雄介はそう思っていた。

バベルの塔は『旧約聖書』に登場する巨大な塔のことだ。人間たちが天にまで届くような巨大な塔を建てようとしたところ、その傲慢さに怒った神が、人間たちが使っていた言葉をバラバラなものにして意思疎通ができないようにしてしまったという。これによって人間界には複数の言語が生まれたという故事だ。神は人間たちが互いにコミュニケーションを取れないようにしてしまうことで、塔の完成を妨げたのである。

お互いにコミュニケーションが取れなければ仕事はできない。西瀬戸大橋の場合も同じだ。橋そのものは完成したものの、完成したとは言い難い。バベルの塔のように複数の言語がそれを妨げたわけではないが、コミュニケーションの不足や放棄などがあったという意味でバベルの塔と何が違うのだろうか。

完璧な人間などいない。だからヒューマンエラーを完全になくすことはできない。しかし減らすことはできる。そのための努力は必要だ。努力むなしく間違いが起きたとしても、それを詳らかにして適切に対応することだ。

ヒューマンエラーに悪意はないが、隠蔽は明らかに悪意に満ちている。

橋梁は大切な社会インフラだ。国の経済や人々の暮らしを支えている。使う人は、造り手を信頼して安心して橋を渡っているのだ。その信頼を裏切ってはいけない。
橋梁マンとしての矜持《きょうじ》がなければ、仕事をしてはいけないのである。

第8章　新天地へ

1

事件が発覚した二年後の平成十七年。雄介は人生で初めての転職をした。不正と隠蔽をおこなった会社に嫌気が差したというわけではないが、より自分を高めていける環境を求めてのことだった、と言いたかった。

西日本ブリッジシステムでは事件のあと、組織が大きく変化した。経営陣は会社経営が思わしくなく人員整理を社員に申し出てきた。希望退職を何度もかけてきた。また、一時帰休もおこなわれ、ありとあらゆる経営難対策をおこなってきた。経営難をカバーするため、および借入を有効にするため、銀行側のありとあらゆる対策を受け入れたものであると想像できた。雄介はそれには応じなかった。

しかしながら、退職を決意した大きな出来事があった。スタッフ職とライン職の給与を抜本的に差別するものであった。ライン職は直接橋梁製作に携わる者で、例えば製造部、工事部に属する者の給与を高くする。一方、スタッフ職はライン職と異なり、直接製造に関与していない、営業、総務、研究等の仕事をおこなう者たちである。バックオフィスと言われるスタッフ職は、かなり低い給与であった。

この提案には雄介は開いた口が塞がらなかった。本当に呆れてしまった。雄介は銀行側の経営難対策には屈しないように気丈に対応してきたが、この提案だけはプライドが大きく傷つき呑むことはできなかった。経営陣は何度も社員に対してあの手この手で合法的な退職勧告をおこなってきたが、ついに最終手段を打ってきたものだと思った。

結局、西日本ブリッジシステムは宇宙船ロケットを製造するような超大手の重工業に呑み込まれることで一連のゴタゴタが一段落した。雄介はこの重工業企業に呑み込まれる前に退社しているのでその後の詳しいことはよくわからないが、ただ、これ以前の去就に関する胸の詰まるような悩みは一体なんだったのだろうと今でも思い返す。

移籍した先は、橋梁工事や鋼構造物などを製作する柴田工業株式会社だ。ここの技術研究所において鋼製橋梁製作における溶接部疲労強度向上に関する研究に従事し、のちに所長に就任する。

このころから雄介は研究に割ける時間が増えてきた。学会への出席やそこでの報告、学術誌などへの論文寄稿も増えた。溶接学会においては、学会誌で溶接技術に関する研究・

開発と実用化について解説したが、これは関係者に大変好評だった。そこは理論一辺倒の学者とは違う雄介である。理論を学んで現場をはいずり回ったうえでの解説なのだ。体で学んだと言ってもいいような理論でもある。リアリティーある解説ができ、学界の関係者からも良い評価を得た。

平成二十九年になると、雄介は公益財団法人日本橋梁検査機構に移籍する。橋梁に関する技術、経済、環境などについて調査・研究をおこなう組織だ。雄介はここで、点検業務のほかにも、橋梁メンテナンスの業務にも携わるようになっていく。

おもに対象となるのは国土交通省管轄の国道に架設されている橋梁だ。五年に一度、点検業者とともに実際に橋梁を訪れ、現地で近接目視などによって点検をして、健全度の診断と決定をおこなう。不具合や損傷、設計機能不全などがあればそれを記録して、管理者である国土交通省に報告するのである。国土交通省ではその報告をもとに補修予算を上程する。雄介らの報告に基づいて、国費による橋梁のメンテナンスがおこなわれるのである。社会を支えるインフラをメンテナンスしていくためには重要な業務だ。

ここでは雄介が、それまで積み重ねてきたことが活かされていった。とくに西日本ブリッジシステムでの経験は大きい。多くの現場を見てきただけでなく、西瀬戸大橋のような欠陥のある橋梁の調査にも携わったのだ。

橋梁は一度完成してしまえば、余程のことがない限りは点検と診断とメンテナンスを繰り返しながら維持し、供用してゆくものだ。既存の橋梁の疲労亀裂調査や補修という業務を通じて、雄介はクラック（ひび割れ）を直接目にする機会が増えていった。水や紫外線、通行車両の振動などで経年劣化は進んでいく。それらを直に目にし、触れることで雄介は橋梁の診断について自信を深めていった。このことは、橋梁の疲労損傷について調査・研究するうえで雄介にとっては大きな収穫のある経験となったのである。

2

橋梁だけでなく、道路やビル、鉄道などの公共のインフラは人々の暮らしを便利にする。しかし一方で利用者たちの安心と安全も担保しなければならない。製作中だけでなく、その後の検査やメンテナンスも重要なのだ。

平成二十四年十二月二日、中央自動車道の笹子トンネルで天井板が落下し、九名が犠牲になる事故が起きた。笹子トンネル天井板落下事故である。この事故を契機として「強くしなやかな国民生活の実現を図るための防災・減災等に資する国土強靭化基本法」（国土強靭化基本法）が成立する。

国民生活に直結する土木構造物などは点検がより強化されるようになった。もちろん橋梁もその適用対象である。

雄介が日本橋梁検査機構に移籍したのも、そんな機運が高まっていたときだった。この点検業務を通じて雄介は橋梁の不具合を発見することもしばしばであった。西日本ブリッジシステムが西瀬戸大橋でやってしまったようなごまかしはなかったものの、

「いい加減な作業をやっているな」

と思ってしまうことが何度かあった。

橋梁はモニュメントではない。芸術作品でもない。しかしどんな仕事にも言えることだが、雄介はものづくりには〝心〟が必要だと考えていた。見た目がどんなに美しく立派なものであっても、作り手の心がこもっていないものは、やはりどこか魅力に欠けるものだ。

国土交通省が発注する公共工事においては、とくに受注者側にその傾向があるように雄

介は感じている。

「注文どおりのものを納期までに仕上げたんだから文句ないだろ？」

と言わんばかりの姿勢を感じ取ってしまうことがあったからだ。明らかなやっつけ仕事に出くわすこともあった。

土木工事は何層もの下請負構造となっている。いわゆる元請業者が下層組織まで、作り手の〝心〟というガバナンスが伝わっていなければならなかった。

タイムプレッシャーに負けてしまうこともあるのかもしれない。しかしそれが最悪の場合、どんな事態を引き起こしてしまうのか、作業中に考えなかったのだろうか。

「みんなが長く、そして安全に使えるものを作りたい」

そういう思いがあれば、手抜きの仕事はできないはずだ。技術者としての誇りが希薄な同業者がいることが残念でならない雄介であった。

修繕の作業は暗い箱桁の中でおこなう場合もある。溶接部分の損傷は、時間をかけて少しずつ紙をはがすようにしながらていねいに切削してその状態を確認するのだ。その状態を確認するたびに、次第に雄介は製作当時の状況がイメージできるようになってきた。どんな作業員がどんな環境で、どんな思いでその作業をやったのか。そのようなことまでが目の前に具体的にビジュアルとなって浮かび上がってくるのだった。手抜きがあればそれも直感的に把握できるようになった。まるでプロファイリングでもするかのような推理で損傷の原因を見極めていけるようになっていったのである。

また切削する前に、目を閉じて、全神経をそこに集中させるようにしながら直接手で触れてみることで違和感を覚えることも増えていった。

「ここ、なんかおかしいぞ」

手のひらで触れただけで異常がわかるようにもなっていたのである。経験の蓄積によって感性が磨かれていったのだろうが、そのたびに雄介は実家の鉄工所のことも思い出すのである。鋼の焼けたにおい、切削面の手ざわり、鋼板のざらつき。そういったものに記憶が呼び覚まされるのだった。そして全身の感度を高めながら触れていくと、見えないものも見えるようになっていく。パッと見て手で触れて、五感を研ぎ澄ませていけば理屈抜きで不具合がわかるようになるものだ。

とくに鉄さびなどは、触れるだけでなく、そのにおいでもわかった。ひとつの特技のようなもので、においで鉄さびの発生がわかる者というのはそうそういない。高校生くらいのころの雄介は実家の鉄工所で鉄板などを磨く作業を手伝っていたことがあった。そのときに鉄さびのにおいを嗅ぐことがあり、それを覚えていたのだ。当時は父に言われて、

「こんな面倒なことを押し付けて」

としぶしぶ手伝っていただけだったが、のちにその経験が活かされることにもなった。いやなことでも経験だと思ってやっていれば、いつか何か、思わぬことで役立つことがあるものである。

溶接は〝経験工学〟だと雄介は考えている。経験の蓄積と継承により、機能性や安全性、利便性などを高めていく工学の手法のことだ。学んだ理論をもとに実践することも大切だが、実際に作業をすることでしかわからないこともある。

雄介は大学で溶接工学を学び、理論を身に付けた。就職してからその理論が活かされる場面はもちろんあったが、点検やメンテナンスの現場では感性で把握したことをその理論で裏付けることができた。

これまで積み重ねてきた経験と学習の双方が、車の両輪のようにうまく嚙み合って仕事を進められるようになっていたのだった。

ボルネオから帰国した直後の、社内の冷ややかな空気と視線。それが雄介をして、「もっと学ばなければ」と思わしめたことも、あとになって考えてみれば大切な試練を与えてもらっていたのかもしれない。

経験を積むことも大切だが、勉強して理論を身に付けることも大切だ。手っ取り早く知識や理論を得たいと思う者がいても不思議ではないが、それが現実の社会や生活で活かす場がなければ、一時習得の知識・理論のままとなり、本当の意味で身に付くことはないだろう。

理論が先か、経験が先か。理論を学んだうえで経験を積めば、学んだ理論が裏付けられてゆく。経験したことを理論に当てはめていけば、理論そのものへの理解度は高まるだろう。世の中の学者は理論先行、現場の職人などは経験先行の傾向があるが、雄介の場合は現場を経験しながら学ぶことも怠らなかった。

いわば〝教室〟と〝現場〟を何度も往復しながら、実践的な理論と経験値を積み重ね、同時に感性も磨いていったのである。

3

橋梁の検査は五年に一度おこなわれ、修繕の必要があれば五年以内にそれを完了することになっている。雄介たちが検査をして、要修繕箇所が見つかれば調書というかたちでそのエビデンスを各自治体や国土交通省の地方整備局などに提出する。受け取った自治体や地整局は検討のうえ、国土交通省の本省に修繕のための予算要求をすることになる。雄介たちの調査は、国家公務員たちの修繕予算取りのためにも大切なミッションなのだ。


この調査・予算取りという流れで、雄介は「やりにくいなあ」と思ってしまうような経験を何度かしている。五年に一度の検査というのは、あくまでも定期検査だ。それ以外のときでも必要に応じて検査をすることがある。橋梁の利用者や近隣の住民などから、

「車で走っていると妙な音が聞こえる。どこかに不具合があるんじゃないのか？」

などという指摘を受けることがあると検査をおこない、要修繕となれば調書を提出して

エビデンスを示し、予算取りに進むことになる。

しかしそのタイミングがなんとも微妙というケースがあるのだ。例えば直近の定期検査で要修繕箇所を発見して予算要求をし、修繕を完了していたとしよう。それからまだ一年も経っていない時期に住民から指摘があると少し面倒なことになる。

「また修繕するのか？　この間、直したばかりじゃないか」

などと国土交通省から言われてしまうことがあるのだ。雄介たち日本橋梁検査機構側にとってみれば技術的に別の話であり、

「直近の修繕箇所とは違う箇所です。これは修繕をしていただかないと」

と進言するのだが、これが簡単にはいかない。

「その程度なら修繕の必要はないだろう」

などとなかなか納得してくれないことも多く、ひどい場合には担当者から叱責されてしまうこともある。

すると起こってはいけないことが起こってしまうのだ。担当者とのやり取りが面倒になり、

「まあ、これくらいは修繕しなくても大丈夫かな」

などと考えてしまい、要修繕が修繕不要となってしまうのである。

その修理をしなかったことで、万が一コンクリートの一部が崩落などということが起こってしまうと、今度は、

「あなたたち日本橋梁検査機構は修繕不要と言ったじゃないか！」

と、日本橋梁検査機構の責任にされてしまうのだ。

こういったやり取りに負けてはいけない、と雄介は思っていた。


日本橋梁検査機構に五年ほど勤務したあと、雄介は京都にあるサーベリーコンサルティング株式会社に移籍した。測量、地質調査、設計などのほか、道路や橋梁などの構造物の調査業務全般をおこなう企業である。測量や調査にはドローンやレーザースキャナーなど最新の技術を用いている。

雄介はここで技術部の顧問として橋梁の点検や健全度の診断などを担うようになった。

雄介の仕事は、橋梁の管理をおこなう国や地方自治体などにとっては橋梁の修繕予算策定の指標となるものだ。

どの世界でも、技術の進化は目覚ましいものがある。それまではできなかったことができるようにもなっていき、効率も格段に良くなる。

とくに建設業や製造業の現場は、ほかの業界に比べて危険度の高い仕事だ。建設現場では大型の機械を操作することや高所作業もある。しかし技術の進化がその危険度を低くしてくれた。最近は機械の遠隔操作などで、現場に行かずに作業ができるようにもなっている。しかしその一方で、作業する者の危険に対する感度が低下しているという指摘もある。

どんなに技術が進化しても、機械化や自動化が進んでも、最終的にものをつくるのは人間である。機械を作るのは人間であり、それを使うのも人間なのだ。医療の世界も技術が進化しているが「なぜそんな処置が必要なのか？」が理解できていなければ意味がない。料理の世界でも「なぜそこを切るのか？」「なぜ煮るのか？」などを理解しておかないと、これも意味がない。応用力も汎用力も身に付かない。

雄介は理論を学び、現場でそれを活かしながらさらに学ぶ姿勢を貫いてきた。地道に現場経験を重ね、失敗も繰り返し、試行錯誤の連続だったこともある。そうやって裏付けを取りながら独自の理論をも構築していった。

雄介にはおごった気持ちが芽生える余地がなかった。常に学ぶことをやめずに、雑草のような強さと逞しさで橋梁業界を生きてきたのだ。

齢《よわい》七十手前で、技術顧問として後進の育成にあたっている雄介は、若い世代に向けて、

「常に学び続けろ」

と言っている。これは雄介の生きざまそのものだ。エリート意識を捨てて、地べたをはいずり回るようにして積み重ねてきたものが、今でも橋梁エンジニアとしての誇りとなり、雄介を支えている。

了

あとがき

建設業界は多層下請負《したうけおい》で成り立っている。本書もこの構造ゆえに起こった問題を取り上げている。変更を言った言わないで大問題になった建設工事は多々ある。また、これをITで緩和しようとする業界参入も多く見られる。人類の長い歴史で、この問題は未だ解決していない。いわゆる「バベルの塔」状態であるが、同じ民族の言語を使用しながらも、このようなトラブルが存在する。

かつて、外国の建設会社から日本の建設工事は「儲け」があり、おいしいので参入する機運があった。作者も応札時、さっそく開催される建設工事説明会に参加したことがあるが、発注者である司会進行役の方が会場を見回して開口一番「ここには外国企業の方はおられないようですね」と言ったことを明確に覚えている。つまり、公募書類としては、外国の建設会社も応札可能とした形だけの書類を作成せざるを得ない状況であったのだ。しかしながら、いつしか日本は貧乏国になり、外国企業は日本の建設工事に見向きもしなくなった。外国企業参入を考えると「バベルの塔」問題はもっと顕著になっていたかもしれない。

しかし、もっと冷静に考えると、外国から見ると「おいしくなった」のではなく、日本の建設業構造を勉強するうちに嫌気が差して、敬遠したのかもしれない。発注者、受注者共に深い「阿吽《あうん》」の呼吸に支配される業界、誰に聞いてもその手順を教えてくれない嫌らしさ等々、日本の建設業界の闇は深い。

作者はビジネスでの電話連絡を好まない。つまり、変更事項が流されてしまうからだ。また、ビジネス上「文書」を作成しない人が非常に多い。「文書」というよりも「作文」ができない人が多く見られる。これは何故なんだろう。教育の低下であろうか、契約意識の欠如であるのか。

よくメールでは相談、交渉内容が「ギスギス」するので、話し合ったほうが良いという人がいる。確かにわかるが、作者はメールで必ず、作者案はタタキ台なので自由に変更すべきところは変更してくださいと記述している。バタバタと急ぎの電話（その人は「私は超多忙」をアピール）による変更連絡もあるが、それは本当に「変更」なのか？　作者は常に「怪しい」と感じる。建設業界で飯を食ってきた人は大事な連絡も電話連絡で済ます人がなんと多いことか。

日本の建設業は一体、どうなるのか……といった警鐘を発するつもりで、この「あとがき」を書いた。作者自身も問題に対する具体的な解答を現在持ち得ないが、まずは本書で「日本の建設業界の闇」を寓話として描いた。本書が「問題提起」のきっかけになることを切に望む。

百足　三郎

著者プロフィール

百足 三郎（むかで さぶろう）

1950年代中頃、滋賀県に生まれる
国立大学社会人ドクターコース中退、橋の技術屋
大阪市在住
技術士、学術学会員、学会提出論文多数

橋と鋼と雑草魂

2024年10月15日　初版第１刷発行

著　者　百足 三郎
発行者　瓜谷 綱延
発行所　株式会社文芸社
〒160-0022 東京都新宿区新宿１－10－１
電話 03-5369-3060（代表）
03-5369-2299（販売）

印刷所　TOPPAN クロレ株式会社

ISBN978-4-286-25206-3